「約束を反故にしようというのですから
ケジメは必要でしょう？
ケジメは
指を詰める
相場が決まってます」
《悪役令嬢》
キリハレーネ
「…………………は？」
《王子様》
アルフレッド
《主人公》
ユリアナ

《赤髪宝塚女》
ミラミニア
《銀髪メガネ委員長》
リッタニア

応接室に入ると、
リッタニア、ミラミニア、エノラの
三人が神妙な面持ちで待っていた。
「よくもまぁ、あたしを
訪ねてくる気になったね？」
《桃髪不思議ちゃん》
エノラ

CONTENTS

悪役令嬢になったウチのお嬢様がヤクザ令嬢だった件。

著／翅田大介
絵：珠梨やすゆき

プロローグ　外しちゃいけない断罪イベント

「キリハレーネ・ヴィラ・グランディア！　貴様との婚約は今日この場で破棄させてもらう！」

王立学園の創立記念パーティは、生徒会長でもある第一王子のこんな宣言で幕を開けた。

ヴィラルド王国第一王子、アルフレッド・ヴィル・ヴィラルダ。

金髪碧眼（きんぱつへきがん）で引き締まった長身の、まさに『理想の王子様』の結晶の如（ごと）き美少年である。

「で、殿下……何故（なぜ）ですの？　何故、わたくしとの婚約を破棄などと……」

王子様に婚約破棄を告げられて睨（にら）み付（つ）けられるのは、豪奢（ごうしゃ）な赤いドレスの少女だ。

気の強そうな切れ上がり気味の双眸（そうぼう）。そしてドリル状の縦ロールな金髪。

もしここに現代日本のサブカルチャーに触れた者がいたなら、十人が十人とも同じ言葉を彼女に送るだろう。

そう……『悪役令嬢』と。

「何故、だと？　俺が貴様の卑劣で陰険な行いを知らないとでも思っていたか？　貴様がユリアナにしたことはすべて知っている！」

アルフレッドはそう言うと、守るように自分の背中に控えさせていた少女を衆目に晒した。

亜麻色の髪に、紅玉を思わせる瞳。派手さはないが神秘的で清純な印象を与える美少女である。

「殿下……あまり声を荒らげては……」

「……済まない、ユリアナ。怯えさせてしまったね。だが、心優しい君が怒りを抱けぬ以上、俺がその分も怒らなければならない。それが伴侶となるべき者の務めだ」

「で、殿下……恥ずかしいです……」

王子に抱き寄せられ、赤面するユリアナ。男慣れしていない初心な反応にアルフレッドが微笑む。

希少性の高い光と闇の二重属性と高い学力で、平民ながら王立学園への入学が許可された特待生、ユリアナ・リズリット。

最近、第一王子やその側近たちと親しくしているとの噂は本当であったのかと、パーティに参加する生徒たちが納得顔になる。

そして、婚約者である第一王子に近付く平民の少女に対し、グランディア公爵令嬢が嫌がらせをしているとの噂もおそらくは……。

「……キリハレーネ。貴様は心優しいユリアナが我慢しているのを良いことに、何度も何度も卑劣な嫌がらせを行った！」

「殿下！　殿下はそんな平民の少女の言葉を真に受けて、公爵令嬢であるわたくしを疑うと仰るのですか⁉」

「……ユリアナは何も言っていない。彼女は俺たちに心配をかけまいと、自分が受けた非道な行いのすべてに口を噤んでいた……だが、積み重なった疲労によって顔を曇らすことが多くなった。だから我々が自分たちで調べたのだ」

アルフレッドの言葉に、ユリアナを守るように佇んでいた男子生徒たちがずいっと歩み出る。

次代の王の側近候補である、アルフレッドの学友たちだ。

現宰相の息子で、怜悧なキレ者の印象を与えるユニオン・ヴィル・クレセント。

騎士団長の息子で、引き締まった長身の美丈夫、オルドランド・ヴィル・グリーダ。

武門の家の出ながら若き芸術家として名を馳せる異才、エリアルド・ヴィル・ローレル。

そしてこの国最大の商会の御曹司で、ユリアナ同様の特待生、イリウス・ブライド。

分野は違えど有能という点に置いて一致している彼らは、アルフレッド同様の厳しい視線をキリハレーネへ向けている。

「……我々が調べただけでも、教材の盗取、制服への損害、悪質な誹謗中傷は数え切れず……証言もあれば証拠もあります。知らぬ存ぜぬなど通用しませんよ、グランディア公爵令嬢」

次代の宰相候補であるユニオンがキリハレーネの罪を並べ立てる。最後の『公爵令嬢』には、隠しきれない侮蔑と嫌味が込められていた。

さもありなん。

グランディア公爵家は、没落著しい名ばかり公爵家だ。そんな家の令嬢が第一王子の婚約者に選ばれたのも、外戚にしても問題にならない影響力の無さが故。消極的な政治力学の産物なのだ。

「な、なんですの……たかだか平民の小娘が何だというのです!? わたくしは第一王子殿下の婚約者にして公爵令嬢、キリハレーネ・ヴィラ・グランディア! 平民の小娘に躾をしてやって、なんの不都合があるというのですか!?」

「いい加減にしろっ!!　貴様の如き卑怯で愚昧な女に、未来の王妃などという地位を与えるワケにはいかん！　貴様との婚約は破棄する！　グランディア公爵家への援助も打ち切る！　もはや貴様にかけられる慈悲は一切ないものと知れ！」


アルフレッドの容赦のない怒号に、キリハレーネは「ひぃっ！」と悲鳴をあげる。

王家からの援助が打ち切られれば、グランディア公爵家は王立学園の授業料にも事欠く借金貴族でしかない。事実上、学園からの放逐を言い渡されたも同然だ。


「…………」


彼女はパーティ会場を見回す。

学園の生徒たちは、この一連の出来事をどこか当然のように受け入れ始めていた。

アルフレッドたちを非難する声があっても可笑しくないのだが……所詮、貴族の宮廷闘争は弱肉強食だ。そしてキリハレーネは名ばかり公爵家という貴族社会の弱者。

落ち目の弱者は棒で叩くのが貴族というものである。

キリハレーネの味方は皆無だった。

ようやく、自分が見捨てられたと理解したのだろう。キリハレーネは両手を床に突き顔を俯けた。
名ばかりの公爵令嬢の実情に相応しい、なんともうらぶれた姿であった。

（……ああ、いい気味だわ）

そんな惨めなキリハレーネを眺め、心底愉快な気分で胸を弾ませる人物がいた。
誰であろう、アルフレッド第一王子に抱き寄せられる少女、ユリアナ・リズリットその人である。

（くく……男に捨てられた女の惨めな姿ほど、胸がスッとする見世物はないわ。悪役令嬢の没落なんて一大イベント。やっぱりゲームより現実に眺める方が何倍も楽しい）

表面上は同情的な視線を向けつつ、ユリアナは胸中で喝采し、打ちひしがれた悪役令嬢を嘲笑した。
そう、ユリアナ・リズリットは転生者である。
ユリアナは物心ついてしばらくして、自分が前世でプレイしていたお気に入りの乙女ゲーム『この愛おしい世界に慈しみを』――通称『このいと』の主人公に転生したことを理解した。

彼女は歓喜した。

何しろ、前世の彼女は、男を寝取っては悔しがる女の顔を眺めて悦に入るという、確信犯的サークラ女だった。彼女に滅茶苦茶（めちゃくちゃ）にされた人間関係は数えるのも一苦労だ。ちなみに乙女ゲーは、オタクサークルに潜入した際に触れてハマった口である。

そんな彼女だから、婚約者のいる男性を奪う中世ファンタジー風乙女ゲーの主人公（ヒロイン）は、まさに天職と言っていい。王立学園に入学した彼女は、知識チートと前世の籠絡テクニックを駆使し、いとも容易（たやす）く逆ハーレムを達成した。

（けど、これは現実。シナリオから外れたら自作自演も視野に入れてたけど……なのにこの悪役令嬢、ゲームまんまのお馬鹿さんで笑っちゃったわ。これでもう、没落一直線ね）

この後キリハレーネが辿（たど）る行動は愉快そのものだ。

学園から追い出されたキリハレーネはご禁制の品を使って王都を滅ぼそうと企（たくら）み、それが見つかり投獄される。それでもなお諦めの悪い彼女は、禁忌の魔導書を用いて悪魔を喚（よ）び出（だ）そうとして、その悪魔に魂を喰（く）われて廃人同然となるのだ。そして誰からも顧みられることなく、醜く窶（やつ）れ果（は）てて衰弱死してしまう。

実に惨めったらしい、人生の負け組に相応しい最期だ。素晴らしい。

「…………」


蹲っていたキリハレーネが立ち上がる。

そして、俯けていた顔をゆっくりと持ち上げた。

（さぁ、負け犬の遠吠えをあげなさ――）

「――殿下のお言葉、確かに承りました。あたしとの婚約を破棄したい――そのお言葉に間違いはありませんね？」


凜、と空気が引き締まる。

静かで淡々とした、けれどよく響く声。

会場のざわめきがぴたり、と静まる。誰もが息を呑み、そして同じ疑問を抱いた。

――この女性は、いったい誰だ……？

気の強そうな切れ上がり気味の双眸。だがそこに浮かんでいるのは、会場を照らすシャンデリアよりもなお綺羅びやかな意思の煌めきだ。

学園の生徒たちがよく見知った、幼稚な虚栄心が目立つ馬鹿女と同一人物には思えない。

それは婚約者のアルフレッドも同様だ。

「……あ？　あ、ああ……間違いない……」

「そうですか。分かりました」

王子から動揺混じりの答えを受け取ると、キリハレーネは胸元に手をやった。彼女の豊満な胸が作り出す谷間に会場内の男たちが目を見開き凝視するが……胸の谷間から抜き出された物を見て、今度は『ぎょっ』と大きく目を見開いた。

キリハレーネが自分の胸元から抜き出したのは、鞘（さや）に収まった短剣だった。

トチ狂って凶行に及ぼうというのか、と皆が顔を強張（こわば）らせる。

だが、キリハレーネはそんな彼らの警戒など知らぬげに、取り出した短剣をアルフレッドに向かって放り投げた。

からからと床を滑った短剣が、アルフレッドのつま先に当たって止まる。

「……何のつもりだ？」

「ケジメをつけてもらおうと思いまして」

「……ケジメ？」

「一家と一家の約束を反故にしようというのですからケジメは必要でしょう？　ケジメは指を詰めると相場が決まってます」

「…………は？」

「聞こえませんでした？　指を落とせと言ったんです」

『…………は？』

会場がし……ん、と静まり返る。

驚愕か？

それもある。

困惑か？

それももちろん理由の一つだ。

だが何よりも最大の理由は……。

「ちなみに初めての時は関節で切り落とすのが良いですよ？　素人は骨を断ち切るのに難儀しますからね。あたしも鬼じゃないですから、初心者にそこまでは求めません」

『…………』

これだ。

にっこりと笑うキリハレーネだ。

彼女はマジだ。冗談ではなく、本気でこの国の第一王子の指を要求している。

聴衆たちは軒並み気を呑まれ、指を要求されるアルフレッドは顔を青褪めさせた。


（なっ……何なのこの女っ!?）


アルフレッドの背中に隠れつつ、ユリアナは引き攣りそうになる表情を取り繕うのに必死だった。

こんなセリフはゲームには登場しない。

当たり前だ。

いったい何処の世界に、王子様の指を詰めさせる乙女ゲームがあるというのか。


（これじゃまるで……まるでヤクザみたいじゃない……！）


キリハレーネ・ヴィラ・グランディア。

彼女が悪役令嬢改め、ヤクザ令嬢と呼ぶべき存在に変貌した理由を語るには、このパーティより三日ほど時を遡ることになる……。

第一話　女組長、和泉霧羽

さっぱりと晴れた気持ちの良い秋晴れのある日。

東京某所のとある高級オフィスビルのラウンジにて、万雷の拍手が鳴り響いていた。


「お疲れ様でした、組長！」

「お世話になりました、組長！」

「こらこら、お前たち」


厳つい男たちから『組長』と呼ばれた、和服姿の妙齢の女性が苦笑する。

和服というのは着こなし方でどうしようもなく品格が浮き上がる。下手な裾の捌き方をしたり無様なシワが寄れば、どんな高級品を着ていても安っぽさが出てしまう。

だがその女性は、人間国宝が仕上げた最高級品を完璧に着こなしていた。誰の目にも品の良さが伝わりつつも、下品にならない程度に取った衿の抜きから覗くうなじより香ばしい色気が漂う。匂い立つような佳い女だ。

「あたしはもう引退するんだ。組長なんて呼ぶもんじゃないよ」

女性が自分を組長と呼んだ若衆の胸を小突くと、彼らは嬉しそうに笑う。

ヤのつく職業に従事する男たちが無防備に慕うこの妙齢の美女こそ、海外勢力に押され斜陽にあった日本極道界を立て直し、東西の統括を行う巨大組織『聖凰会』の初代組長として尊崇を集める女傑、『和泉霧羽』その人であった。

「じゃあね。落ち着いたら連絡するから、飯でも食いに来な」

霧羽は子分たちに微笑みかけ、颯爽と長年の根城から去って行く。

遠くなってゆく彼女の背中に、涙ぐんだ男たちが深く深く頭を下げ続けた。

「――お疲れ様です、霧羽様」

「お疲れさん、竜崎。家まで頼むよ」

オフィスビルの前で待っていたリムジンに乗り込み、霧羽は運転手の竜崎へ告げる。

この景色も今日で見納めかと、霧羽は流れてゆく景色を感慨深く眺めた。

「……あんたも、無役の女にこれ以上付き合う必要はないのにねぇ」

「いえ。私は最後まで霧羽様にお仕えします」

「律儀だねぇ。最初に会った時の糞ガキ振りからは考えられないよ」

「それは言わないでください……霧羽様こそ、十年前からは考えられないお立場じゃないですか」

「まぁ、ね。なんともお互い、無茶をやってきたよねぇ」


くくく、と霧羽は思い出し笑いをした。

霧羽は、いまや国内の極道を束ねる日本の裏社会の第一人者。国外勢力からも『極東の女帝』と恐れられ一目置かれる大物である。

いつ潰れても可笑しくないちっぽけな組を継いだ霧羽が、女だてらにヤクザ商売を始めて十数年。あの乳臭かった小娘がこんな風になるなど、当時からしたら笑い話にすらならなかっただろう。

「霧羽様は、これからどうされるのです？」

「そうだねぇ……ひとまずは、温泉にでも浸かって肌を磨こうか。ちょっとは女磨きに精を出さないとね」

「霧羽様にはまだ必要ないでしょう」

「あたしの友達の言葉なんだけどね……女の価値なんてクリスマスケーキと同じ。二十五過ぎたら叩き売りだってさ。そんで気がつきゃあたしもうアラサーだ。あたしだって腐っても女なんだ。さすがにこのまま処女でおっ死ぬのも悔しいじゃないか」

「………………ハァッ!?」


キキィーッ、とリムジンのタイヤがから滑りして車体が揺れる。

沈着冷静な竜崎には珍しいハンドルミスだ。


「あっ、ぶな!」

「き、霧羽様、しょ、しょ、しょ、しょ……!」

「処女だよ。悪いか」

霧羽が不貞腐れたように吐き捨て、竜崎は唖然とした。

霧羽は美人だ。それも、匂い立つような垢抜けた美女である。酸いも甘いも嚙み分けた、成熟した大人の色気に溢れている。

そんな彼女が小娘みたいに処女であることを気にして不貞腐れるなど、付き合いの長い竜崎をして驚愕の一言である。


「……それで、女磨きですか？」

「せっかく引退したんだ。あたしだって、ちょっとは普通の女の子らしいことをしてみたいじゃないか？　ま、いまさら淡い恋なんて出来る歳じゃないけどさ…………ん？」

「霧羽様……？」

「……キナ臭いね。鉄火場の臭いが漂ってきたよ、竜崎」

霧羽が呟いた途端、前方の交差点に信号を無視して大型トラックが進入してきた。

竜崎がブレーキを踏んでリムジンを急停止させると、トラックの荷台が開いて十名ほどの覆面の男たち——銃器を携えた暴漢たちが飛び降りてくる。

男たちは手にした銃をリムジンに向けて一斉に発砲する。


「飛び降りろ竜崎！」

防弾仕様のリムジンが銃弾を防いでいるが、霧羽は即座に車内からの脱出を選択した。

座席の下の得物を引っ掴んでドアから飛び出した直後、リムジンの尻にまた別のトラックが突っ込んだ。数秒でも判断が遅かったら車内で肉団子になっていただろう。

無事脱出した竜崎とともに手近な物陰に隠れる。

何の変哲もない街の交差点は大混乱に陥っていた。男たちが霧羽の隠れた街路樹に発砲する度、通行人たちが悲鳴をあげる。

混乱で追突した車がさながら闘技場の壁のように、突然発生した戦場を取り囲んでいた。


「中国語、韓国語、……それに英語とロシア語か。あたしが潰した連中の残党ってとこか。雑魚は大したことは出来ないだろうと思ってたけど……まさかこんな往来でこんな馬鹿な真似をするとは……竜崎、援護しな！」

「引退したその日にこうなるとは……普通の女の子は遠そうですね」


霧羽は竜崎に指示を出すや、武装した覆面どもへ向かって飛び出した。

五月雨式に銃弾が追いかけてくるが、霧羽の思い切りの良い動きを捉えきれていない。

霧羽はリムジンから持ち出した愛用の得物――白木造りの人斬り包丁を抜刀しざまに手近な一人を切りつけた。

拳銃を握る手をぼとりと落として悪態を吐く男の喉を『안녕（あばよ）』の挨拶とともに貫くと、霧羽は手にした鞘を投げ放つ。

股間に鞘が突き刺さった男のライフルが見当違いの方向へ銃弾を飛ばしてゆくのを横目に、霧羽はすばやく走り寄って蹲った男の首を叩（たた）き落（お）とした。


「Бáбa-Ягá!!」


ロシア語で叫ぶ男がＡＫを向けようとするが、横合いからの銃撃にたたらを踏む。竜崎の援護射撃だ。

霧羽はわずかな隙にするりと滑り込み、人斬り包丁をぬるりと走らせる。

男は腹から臓物を零（こぼ）して蹲った。


「どうした阿呆（あほう）共！　根性を見せろや！」


またたく間に三人が斬り殺されて襲撃者たちが慄（おのの）き震える。

初（しょ）っ端（ぱな）の派手な立ち回りで場の空気を支配すれば、あとは霧羽の独壇場だった。

喧嘩（けんか）とは畢竟（ひっきょう）、勢いのある方が勝つ。

二十人近くいた男たちは櫛の歯が欠けるようにバタバタと倒されてゆく。

「ほれ、あとはあんた一人だ」

ひゅんと刀を一振り、血を払いながら霧羽がニヤリと笑う。美しい肉食獣が牙を剝くような笑い方だった。

いくら美しいとはいえ、血塗れの獣に睨まれたら堪ったものではない。一人残った襲撃者は慌てて逃げ出した。

「きゃあああああっ！」

男が逃げる先には、買い物袋を携えた一人の少女が腰を抜かしてへたり込んでいた。

逃げる男は悲鳴をあげる少女へ銃口を向ける。

「何しやがる！」

一般人を撃ち殺そうとする馬鹿へ刀を投げつける。刃の切っ先が男の足を貫いた。

男はもんどり打って倒れるが、すでに正常な判断力を失っているのだろう。なおも罪のない少女を撃ち殺そうと銃の引き金を引く。

パンッ！　パンッ！

安っぽい爆竹の爆（は）ぜるような音が響くと同時に、霧羽は少女の前に滑り込んだ。
二発の銃弾が彼女の胸と腹にめり込む。

「……この下衆（げす）が」

服が赤く染まるのも構わず、霧羽は男へと歩を進める。パニックを起こした男が矢鱈（やたら）に発砲してさらに銃弾が身体（からだ）に食い込むが、彼女の歩みは止まらない。
空になった拳銃の引き金を狂ったようにカチカチ引く男から刀を引き抜き、霧羽は男の首に向かって刃を振り下ろした。

キンッ――。

男の首が胴体から離れると一緒に、霧羽が長年愛用していた人斬り包丁もへし折れる。

折れた刃が地面に落ちるのと同時に、霧羽はどうっと崩れ落ちた。

駆け付けた竜崎が慌てて傷口を押さえようとするが、霧羽は優しく微笑んで小さく首を振る。

「姐御（あねご）っ!!　しっかりしてくれ姐御っ!?」

「口調が昔に戻ってるぞ、竜崎……それよりあの女の子は無事か……？」

「……ええ、傷一つありません」

「……そうか……安心したよ……」

竜崎に抱えられて視線を向ける。少女は血塗れの霧羽を凝視して顔を青褪めさせているが、確かに傷はないようだ。

こちらを見る少女へ、安心させるように微笑む。少女は息を呑んで目を見張った。

可愛（かわい）らしい少女だ。高校に入りたてだろうか？

彼女の買い物袋からは、何やらゲームのパッケージが覗いている。

いかにも普通の女の子だ。自分ももしかしたら、あんな風に放課後にゲームでも買って、ワクワクしながら帰途につくような人生があったのだろうか？

「……引退後の第二の人生……計画が狂っちまったねぇ……ま、女の子らしい人生を取り戻す代わりに女の子の人生を守ったんだ……ヤクザ者の最期にしちゃ、なかなか真っ当な方だろうねぇ……」

「姐御……」

「……世話になったな、竜崎……」

「世話なんて……私は、オレぁ、最後の最後で、姐御を守れねぇで……っ！」

「あんたには十分助けてもらったよ……これでお役御免だ……もう好きにしな……」

「……じゃあ、もし生まれ変わったら、また姐御の子分にしてくれるか？」

「……生まれ変わるなんてことがあったら、ね……ふふ、生まれ変わりか……あんた、顔に似合わずロマンチックじゃないか……」

ニヤリと笑って、霧羽は瞳を閉じた。

第二話　髪がドリルに!?

「…………んぁ？」

パチリ、と目を開き、霧羽は我ながら間抜けな声を出してしまった。

「……あたしは死んだ筈だが……」

頭を押さえながら起き上がり、ぼんやりする頭で記憶を整理する。
目を閉じる前、霧羽は敵対組織の残党に襲われ、何発も銃弾を食らった。
鉄火場で生きてきた霧羽だ。自分の受けた傷は致命傷だったと理解していたのだが。

「まさか死に際で見る夢か……んんっ？」

その時、はたと気付いた。

手に絡みつく自分の髪の毛が、いつの間にやら金色になっている。
身に着けているのは、映画に出てきそうな豪華なドレス。
しかも……。

「……でかくなってる？」

ぽよんぽよんと胸を持ち上げる。人並みの大きさだった自分のおっぱいが、いつの間にやら持ち上げられるほどの大きさに成長していた。

「どうなったんだ、あたしの身体……？」

周りを見回す。
蠟燭（ろうそく）の明かりで照らされるのは、カーテンを閉め切った寝室のようだ。妙に時代がかった装飾の家具が、やっつけ仕事みたいに端の方へ退けられている。

「何処だ此処（ここ）？　どっかの組織に攫（さら）われて豊胸手術でもされたのか……うん？」

ぐるりと首を回すと、背後に人が立っていた。

二十歳そこそこらしい若い男だ。

黒髪に黒い瞳だが、日本人とは顔の作りも肌の色も違う。

そしてこれまた、時代がかった執事服を着ている。


「……誰だ、あんた？」

「……問い掛ける前に、おっぱいを揉むのを止めてくれませんか？」

「ん？　……おお、忘れてた」


いまだもにゅもにゅと揉んでいた自分の胸から手を離す。あまりにも揉み心地が良いので揉みっぱなしになっていた。


「そんで、あんた誰？」

「わたくしはジェラルドと申します。何者か、という問いに答えるには先ず……あなたの現状を説明する必要があるでしょうね」


そう言うと、ジェラルドは懐から手鏡を取り出し、鏡面を霧羽に向けた。

「ん？　んん？　んんんっ？」

鏡に映るのは、金髪の美少女だった。ちょっと切れ上がり気味の目付きが気の強そうな印象を与えるが、その手の趣味の男性諸氏にはおおいに喜ばれそうだ。

胸元まで流れる長い金髪は、何故かくるりと巻かれている。

「……なんであたしの髪がドリルになってるんだ？」

「そのお身体は、わたくしの主人であるキリハレーネ・ヴィラ・グランディア公爵令嬢のものでして……」

ジェラルドの説明はこうだ。

金髪ドリルを装備したキリハレーネ嬢はこの国——ヴィラルド王国の王立学園に通う十七歳。歴史ある公爵家の令嬢であり、さらに同じ学園に通うこの国の第一王子の婚約者だという。

だがこのキリハレーネ、かなり性格に問題があった。有り体に言うと、典型的な貴族の我儘娘だったのだ。

第一王子が王立学園に特待生で入学した平民の少女と仲良く過ごしているのを目撃し、キリハレーネはその平民の少女に様々な嫌がらせを与えた。だがその少女は平民らしいへこたれなさを発揮して、むしろより第一王子やその側近たちとの距離を縮めていった。
業を煮やしたキリハレーネは、とうとう一線を越えた。
厳重に封じられた呪いの魔導書を入手すると、封じられていた悪魔を喚び出して少女を呪い殺そうとしたのだ。

「呪いの魔導書ねぇ……」

胡座（あぐら）をかいてジェラルドの話を聞いていた霧羽は、すぐ横に落ちていた革張りの本を手に取った。
現代社会に生きていた霧羽だが、極道は験を担ぐことが多い。彼女は拝み屋や呪術師といった連中とも顔見知りだった。詐欺師も多かったが、この本からは『本物』の連中が発するのと同じ奇妙な気配がする。

「しかしながら、初級魔法の習得にも苦労するお嬢様に悪魔を御せるわけもなく……」

喚び出した悪魔にあっさり魂を喰われ、キリハレーネは魂の抜けた人形となって倒れた。

それを呆然と見ているしかなくどうしたものかとジェラルドが逡巡していると、魂が抜けたと思っていたキリハレーネが起き上がった。

そして、現在に至っているという。


「念の為に伺いますが……あなたはキリハレーネお嬢様ではありませんよね？」

「あたしは和泉霧羽。公爵令嬢なんて洒落たもんじゃないし、魔法なんぞとは縁もゆかりも無い世界で生きてきたしがない女だよ」

「和泉霧羽、様……」


ジェラルドがうむむと首を傾げる。

困惑している執事服の男を眺めながら、霧羽はなんとなく状況を飲み込んだ。

組の若いモンが話していた、近頃流行っているらしい『異世界転生』というやつだろう。

いや、魂のない身体に入り込んだらしいから、転生ではなく憑依か？

いずれにせよ、地獄へまっしぐらと思っていた自分がこんな奇妙な運命に巻き込まれるとは、世の中とは本当に予想できないものだ。

――だが、まぁ、なっちまったものはしょうがない。

もにゅもにゅと新しい自分の胸を揉みながら、霧羽は頭を切り替えた。

生前の世界に未練はあるが、自分が死んだのは確かだ。いまさらあちらに戻るなんて出来よう筈もない。なら、この世界で、この身体で生きていくしかない。

これはこれで第二の人生と言えなくもない。

おまけに意図せず若返ったのだ。以前は出来なかった普通の女の子を演じてみるのも悪くない。


「おい、執事。とりあえずこの国の歴史とか常識とかを教えてくれ。しばらくはこのキリハレーネお嬢様として過ごさなきゃならないからな」

「それが……そう悠長なこともしていられない状況でして……」

「うん？　どういうことだ？」

「実は……三日後の学園の創立記念パーティで、キリハレーネお嬢様は王子様やそのご学友たちから断罪されることになってまして……」

「断罪？」

「件(くだん)の少女は、すでに第一王子殿下と恋仲と言っていい関係でして……そして殿下は愛(いと)しい少女を虐(いじ)めたお嬢様に激怒し、その咎(とが)を追及して婚約破棄に及ぶ計画を立てているのです。このままですと、霧羽様……いえ、キリハレーネ様……いや、やっぱり霧羽様……？」

「ややこしいからキリハでいいよ」

「キリハ様はこのままですと第一王子殿下から婚約破棄されたご令嬢として、極めてまずい状況に追い込まれるものと……」

「具体的には？」

「畏れながら、グランディア公爵家は没落した名ばかり貴族です。王家からの援助がなければ学費が払えずに学園から放逐されるでしょう。それにそんな娘を公爵様が庇（かば）うはずもありません。勘当の上で地の果てにあるような修道院に幽閉されることも……」

「ふぅん……放り出されても別に困らないが、地の果ての修道院で幽閉なんて第二の人生はお断りだね……しょうがない。なんとか三日後のパーティを切り抜けようじゃないか」

「しかし、キリハ様はこの世界とは別の世界からいらしたのですよね？　知識も魔法もなく、いったいどうやって……」

「そんなものはいらないよ。結局は同じ人間だろ？　なら、やることは変わらない。知恵と勇気が最大の武器さ。ついでに、女の武器も用いれば完璧だね」

「女の武器？」

「度胸だよ、度胸。とりあえずあんたには、よく斬れる短剣を用意してもらおうか」

「短剣？　まさか……」

「ああ、そのまさかだ。王子様には指を詰めてもらう必要があるからな」

「…………」

……………………………………………………………………………………………………

「…………は？」

「聞こえなかったか？　王子様の指を落とすための短剣を用意してくれって言ったんだ」

「…………あの、キリハ様？　失礼ですが、以前は何のお仕事を？」

「ああ、言ってなかったか？　ヤクザの女組長をやってたんだ」

「…………」

ジェラルドは、そのまま顔文字にできそうな呆然顔をして絶句する。

見た目はいいのに三枚目っぽい奴（やつ）だなと、キリハは唖然とする執事を胡乱（うろん）げに見返すのだった。

第三話　秘技、断罪返し！

「さぁ、指を詰めてケジメをつけてください」

　そして舞台は断罪イベントのパーティ会場へ戻る。

　王子様の指を要求する霧羽改めキリハ。その口調は、昨日立て替えた昼飯代を返してね、というくらいの気軽さである。

　その衒いのない気軽さが、逆に彼女の本気さを示していた。

　アルフレッドは唖然としていたが、ハッと気を取り直すと猛然と反論する。

「何を言っている!?　なぜ俺が指を切らねばならんのだ!?」

「？　ケジメは指を詰めると相場が決まっているでしょう？」

「何を不思議そうな顔をするんだ!?　指を切るなど冗談じゃない！　だいたいケジメをつけるのはお前の方だ！　ユリアナに度重なる嫌がらせを行った悪辣な貴様こそが――」

「何を言っているんです？　下手を打ったのはアルフレッド様ではありませんか？」

「……なに？」

「貴族の男性なら、愛人の一人や二人、十人や百人抱え込むのは当然の嗜み。お家の存続のためにもばんばん種付けしてどんどん孕ませるのはいいことです」

「あ、ああ……いや、年頃の娘が種付けとか孕ませるとか言って良いのか？」

「いいんです。良くないのは、アルフレッド様があたしにユリアナ様との仲の良さを見せ付けてしまったことです」

「……それの何が良くないのだ？　愛する人との関係に、何を恥じ入る必要がある？」

「それですよ、それ。本妻に愛人の存在を知られてしまうなんて、男の不手際以外の何物でもありません」

「んなっ!?」

「本妻の嫉妬を買うような男に、愛人を作る資格はありません。愛人を囲うなら上手く囲わないと。それが男の甲斐性というものです」


キリハの言葉に、会場の少なからぬ男子生徒がうんうんと頷く。きっと、実家でその手の問題があって辟易していたのだろう。

一際強く頷く諸氏は、すでに愛人を囲っているのかもしれない。一部は婚約者らしき女子生徒に睨まれているので、後日追及を受けそうだ。上手く切り抜けて欲しい。

「愛人だなどと！　ユリアナは俺に真実の愛を教えてくれた女性だ！　打算や計算などない真実の愛を教えてくれた彼女を、愛人なんて惨めな立場に出来るものか！」

「貴族の正室が誇らしいものだと？　嫁いだ家のために子供を生めとせっつかれ、嫌な相手との対応でもニコニコ笑って我慢して、連日のパーティで肌も内臓もぼろぼろ。家の奴隷みたいなものじゃないですか。それなら気楽な側室や愛人に収まった方がいいと考える強か（したた）な女性も多いと思いますけどね」

キリハの言葉に、少なからぬ女子生徒がうんうんと頷く。きっと、実家の母親の苦労を思い出したのだろう。

愛人のくだりで大きく頷く娘もいた。次女や三女といった、家の名の影響が少ない娘たちだ。どうか強かに生きてもらいたいものである。

「本当にユリアナ様を愛してらっしゃるなら、王妃なんて胃に穴が空くような立場は適当に選ばれた名ばかり公爵令嬢にでも押し付けてしまえばいいじゃないですか。まぁ、真実の愛なんてものがあれば、ですが」

「貴様ッ!!　ユリアナの立場のみならず、俺との愛まで愚弄するというのか!?」

「真実の愛『だけ』の勢いで結ばれて子供を生んだ若い夫婦が子供をどう扱うようになるか知っていますか？　家も財産も投げ出して駆け落ちした貴族の子女の末路は？」

損得勘定の絡まない無償の愛は美しいとキリハも思う。

だが世間というものは、無償の愛だけで生きていけるほど優しくない。

愛も感情である以上、枯れもするし萎(しお)れもする。潤いがなければ愛とて腐り落ち、周りを不幸にするだけだ。

持続可能な愛には計算が、最低限の打算が必要である。

衣食足りて礼節を知る。そしてキリハはこうも思う――衣食足りて愛を知る。

「愛が幸せになるための行為ならば、愛には打算と計算があって然るべき。ましてや王妃……国の大事に関わる立場の女が、打算も計算も出来ないではお話になりません」

これはキリハの前世の友人たち――大組織の長を支える極妻たちを見てきたが故の考えだ。

陰に日向(ひなた)に夫を支える彼女たちは、言葉ひとつ、動きひとつに至るまで計算していた。虫唾(むしず)の走るような下衆に対して笑顔を崩さず、夫が怒りづらい身内を率先して窘(たしな)めた。時にはヘドの出るようなセクハラ野郎にもニコニコ笑って酌をした。

夫のために敵にも味方にも目を光らせる生活を、堅苦しいと見る向きもあるだろうが、彼女たちはそんな息の詰まるような生活を含めて夫を愛していた。

愛だけを捧げ愛だけを食むような女には、権力者の伴侶は務まらない。権力者を愛し続けるために、彼女たちは自分の愛に損得勘定を絡めるのを恐れなかった。狡くなるのを恐れなかった。

同性の自分も惚れ惚れするような佳い女たちだった。

権力者の伴侶とは斯く在らねばならない。斯く在らねば、権力者を愛することなど出来ないのだ。

「無償の愛は美しい。しかし、無償の愛を大事にするあまり損得勘定を汚濁と厭うなら、それは愛という幻想に浸った無能なロマンチストの戯言に過ぎません。アルフレッド殿下の仰る『真実の愛』が打算なき愛であるならば、そもユリアナ様に第一王子の正室になる資質はないと判断せざるを得ませんが？」

「ぐぬっ、ぬ……っっ!!」

アルフレッドは顔を真っ赤にして呻く。

このまま真実の愛を主張し続ければユリアナに正妃の資格がないと見られるし、損得勘定があると言えばそもそも主張が間違っているということになってしまう。

肯定しても否定しても自分の首を締めるパラドックスである。

「というわけで、さっさと指を詰めてください」

「どれだけ指を落とさせたいんだ貴様は！」

何が何でも王子様の指を詰めようとするキリハに、アルフレッドは絶叫した。

「もういい！　貴様がユリアナに卑劣な行為をしていたのは事実だ！　その罪はきっちり償ってもらうぞ！」

アルフレッドが反論を許さないように叫ぶと、彼の学友たちも「そうだそうだ！」と声を荒らげた。どうやら勢いで押し切るつもりらしい。

王子の取り巻きの中から騎士団長子息のオルドランド・ヴィル・グリーダが歩み出た。

「あら？　騎士団長の子息ともあろう方が、徒手空拳の乙女に乱暴をなさるので？」

「ほざけ、陰険女が。ユリアナを罵った口で乙女などとよく言えたものだ」

(……微温い。なんとも微温い殺気だ。こりゃ多分、童貞だな)

鍛えられ屈強なオルドランドが険しい顔で迫れば、婦女子はその威圧感に身体を竦ませるだろう。

だが、人斬り包丁片手に強面の子分を率いて鉄火場を駆けてきたキリハだ。オルドランドから発せられる怒気などどこ吹く風だった。

童貞のそよ風みたいな殺気に、キリハはにやりと嗤い返す。

「それなら、第一王子様をはじめとした有力者のボンボンを誑し込んだどこかの誰かさんは、はてさて乙女と呼んでも良いものかねぇ?」

「っ!　キサマァッ!!」

(あ、やっぱり童貞だ)

この程度の煽りで我を失って突進してくるなんて、堪え性のない童貞特有の反応だ。

とはいえ、鍛えられているだけあって迫力はある。

パーティ会場の女子生徒たちが悲鳴をあげた。

「これ以上ユリアナを愚弄するのは騎士たる俺が許さ――」

ドタンッ!!


床が揺れた。

突進の勢いのまま仰向けに倒れたオルドランドは、何が起きたか分からず目を白黒させる。


「おやおや、大丈夫か？」

「き、貴様っ――ぁがっ!?」


起き上がってキリハに摑みかかるオルドランド。

キリハはひらりと彼の手を躱すと、ハイヒールのつま先を彼の足先にそっと差し出す。

突進の勢いそのまま、オルドランドは再度バタンと床に転がった。


「なっ、何が起きて……」

「熱烈なダンスの申し込みはありがたいけど、これじゃあエスコート失格だわね。女性のつま先を踏んづけて転がるなんて」

「き、ききっ、キサマァアぁぁあああああっっ!!」

再びキリハに摑みかかるオルドランドだが、キリハはひらりと躱してはオルドランドの足を掬（すく）う。

ドタン、バタンとオルドランドが転がる度、キリハのスカートがふわりと舞う。

オルドランドは真剣に挑みかかるのだが、彼が必死になればなるほど無様かつ滑稽に映り、軽やかに舞うキリハの優雅さばかりが目立った。


「なんという華麗な足さばきだ……」

「あれは本当にキリハレーネ嬢なのか？　オルドランドを完全に手玉に取っているじゃないか」

「教師でも勝てない学園最強を相手に……！」


パーティ会場の生徒たちが騒然とする。

オルドランドはけして未熟な男ではない。騎士団長の子息に相応しい、厳しい訓練を受けた優秀な騎士候補生だ。

そんな彼を未熟者のようにあしらうキリハに、学園の生徒たちは目を奪われる。

孔雀（くじゃく）に野良犬が追いすがるような追いかけっこはしばらく続いたが、何十回目かの転倒で、とうとうオルドランドは立ち上がれなくなった。ぜぇはぁと荒い息を吐き、パーティ用の貴族服が汗でぐっしょり濡れそぼっている。

（……この身体、キレは良いけど体力が足りてないね。鍛えないといけないな、こりゃ）

キリハはといえば、彼女もさすがに汗を掻いて大きく胸を上下させていた。

だが、汗で光る肌は彼女に健康的な色気を与え、上気した頬に張り付く髪の毛がいわく言い難い視覚的魅力を演出している。上下する度に柔らかにたわむ双丘は言わずもがなだ。

会場の視線は、麗しく屹立するキリハへ向けられている。

いつの間にか、この場の中心はキリハに移っていた。

「な、なんだこれは……」

アルフレッドは頭痛を覚えてよろよろと後ずさる。

公爵家の出だけが自慢の愚かな婚約者など、ちょっと脅しつければ簡単に放逐されるはずだった。

それが素っ頓狂な要求で場の空気をかき乱したと思ったら、ぐうの音も出せない正論をぶち撒けて、実力者として知られる側近を片手間にあしらった。そして、パーティの主役であるべき自分とユリアナから、すべての注目を奪ってしまっている。

いったい、どこで間違ったのか……。

「何事だ！　この騒ぎは‼」

第四話　知恵と勇気(ついでに度胸とハッタリ)

「何事だ！　この騒ぎは!!」

パーティ会場に威厳ある声が響く。

声の主は、金髪碧眼の美丈夫だった。綺羅びやかな服を纏（まと）い、頭上には冠を戴（いただ）く。

王立学園の生徒なら見間違えようもない貴人。ヴィラルド王国の現国王、パトリック・ヴィル・ヴィラルダその人であった。

国王は、この騒ぎの中心らしき自分の息子をじろりと睨む。

「……アルフレッド。皆が楽しむべき場で、この騒ぎとはいったい何事だ？　お前はいったい何をしていたのだ？」

「ち、父上……これは……」

「これは？」

父としてではなく国王の威を以(も)って問いただすパトリックに、アルフレッドはうまく言葉を発せなくなる。

近年稀(まれ)に見る賢王として名高いパトリックは、その実績に裏打ちされた自信と威厳に満(み)ち溢(あふ)れている。

父を誇らしく思うアルフレッドだが、同時に偉大な父を苦手に思っていた。優秀と言われるアルフレッドも、パトリック王の前に出ると平凡なその他大勢の一人のように感じられてしまう……。


「――畏れながら、陛下」


澱(よど)んだ空気を払うような凛とした声が響く。

皆の注目を集めたキリハは、国王に対して膝を折って頭を垂れた。

会場の生徒たちも慌てて彼女に続く。


「陛下。わたくしに直答をお許し頂きとう御座います」

「ふむ……許そう。キリハレーネ・ヴィラ・グランディア公爵令嬢、この騒動の原因は何なのだ？」

（……すごい威圧感だ。ここまで有無を言わさず『上位者』と周囲に認めさせる大物はそうい

ない）

キリハは内心で舌を巻いた。

このパトリックという王の発する『威』は、キリハでもそうそうお目にかかれないものだった。闇の宰相などと呼ばれた昭和のフィクサーや、歴史あるマフィアのボス、そういった裏社会の大物たちといい勝負だ。

これは気合を入れ直さねばと、キリハは腹に力を入れた。

「……アルフレッド殿下がわたくしとの婚約を破棄したいと仰いまして、それが騒動の原因でございます」

「ほう……おかしいな、余は息子の婚約が破棄されるなどという話を耳にした記憶がない」

「突然の思い立ちであったようです。わたくしが、特待生のユリアナ・リズリット様を虐めたのが腹に据えかねた、と」

「平民から拾い上げた特待生の少女か。アルフレッドと仲の良い学友とは聞いていたが」

パトリックはアルフレッドに目を向けた。

アルフレッドがバツの悪い顔になる。

王家と公爵家の婚約が、当事者たちだけで破棄できないのはアルフレッドとて分かっていた。だが、キリハレーネに『第一王子の婚約者として不適格』という既成事実さえ作ってしまえば後はどうにでもなる。所詮、外戚に加えても何の影響力もないというだけで選ばれた婚約者。逆に言えば、婚約破棄したところで影響もないのである。

だが、その既成事実を作ることに失敗してしまった。

二重に醜態を晒してしまった形のアルフレッドは顔から火を噴く思いだった。

「しかし、いじめ、か。あまり褒められたことではないな、キリハレーネ嬢？」

「畏れながら、わたくしが行ったのは篩い分けに過ぎません。害意を上手くやり過ごし、時にはやり返すのが貴族の女の嗜みというものです。それが出来ねば、殿下のお側に侍ることは難しいと思いますが？」

「ふっ、言うものだ。確かに余の後宮も、強かな女たちばかりであるな」

「生き馬の目を抜く世界に生きる男性が手弱女を愛でるなら、男性が守るべく気を配る必要があります。違いましょうか？」

「……違わんな」

パトリック王は苦笑しながらキリハの言葉を肯定した。

いじめは良くないことだ。それは当然のことだ。キリハだって大っ嫌いである。だいたいいじめなんて面倒なことするくらいなら、ぶん殴って大人しくさせたり、ぶっ殺して山に埋める方が手っ取り早い。

だが『それはそれ』として、いじめ程度で折れるような女性が権力者に寄り添うのは不可能である。なんせ権力者は、始終いじめと嫌がらせの中で生きているようなものなのだ。

この王様は、そのことをちゃんと判（わか）っている。

であるからこそ、本当の勝負はここからだ。

「陛下、重ねてお願いしたき儀が御座います」

「許す。申してみよ」

「はっ。出来ますればアルフレッド第一王子殿下との婚約を解消したく思います。陛下のお許しをいただけるでしょうか？」

会場がどよめく。

第一王子の婚約者、未来の王妃という栄えある立場を自ら捨てるなどとは信じられない。

まして、名ばかり公爵令嬢のキリハレーネにとって、第一王子の婚約者であることは数少ない自慢の種なのだ。その彼女が自ら婚約破棄を望むなど……。

だが周囲の困惑と裏腹に、パトリック王は面白そうに笑い声をあげた。

「ははは っ！　そなたの方からアルフレッドを捨てると申すか！」

「はい。わたくしは『未来の王太子の婚約者』として選ばれたのです。その前提が崩れた以上、アルフレッド様の婚約者である必要はありませんので」

「なっ!?　キリハレーネ、貴様何を――」

「黙れ、アルフレッド！　キリハレーネ嬢は今、余と話しているのだ！」

「ち、父上……申し訳ありません……」

「うむ……だが、余としても聞き捨てならないな。キリハレーネ嬢、アルフレッドは王太子に相応しくない、と？」

「現にこうして、わたくし如きを追い落とすのに失敗しています。獅子はウサギを狩るのにも全力を尽くす……王たる者は常に『完全な勝利』を得ねばなりません」

「そうだな。それが王たる者の責務だ」

「アルフレッド様には利用できる人脈も用意できる時間もお有りでした。その上で何の後ろ盾もない小娘を排除するのに失敗するということは、わたくしを侮ったということに他なりません。『完全な勝利』を得る努力を怠る者に、王の責務を全ぅ出来るでしょうか？」

「……なるほどな。そなたの言葉には頷かざるを得ぬ道理がある」

「恐縮です。そして陛下には、重ね重ね申し訳なく思っております」

「うん？　何のことだ？」

（ここからが正念場だ。はてさて、どっちに転ぶか……）

「……畏れ多くも陛下はわたくしに『息子を支えてやってくれ』と仰いました。以来、あえて道化を演じてきましたが……どうやら迂遠（うえん）に過ぎたようです。もっと直接に諫言（かんげん）すべきであったかと、力の足らなさを恥じるばかりです」

「…………」

「陛下の期待に応えられず、誠に申し訳ありません」

再度、会場がざわついた。

キリハレーネが典型的な貴族の馬鹿令嬢を演じていた……その驚きもあるが、何より今の会話は、キリハレーネが王の命を受けてアルフレッドの器量を確かめようとしていたとも受け取れる。

（ま、一から十まで法螺話（ほらばなし）なんだが）

キリハは胸の中で舌を出した。

息子を支えてやってくれ、なんてのはよくある言葉だ。道化というのも、キリハレーネに霧羽が宿って人格が変わったのだから演ずるも何もない。

だが、事情の裏を読みたがるのが貴族という連中だ。思わせぶりな話をすれば、勝手に『キリハレーネが王の命を受けてアルフレッドを試していた』というストーリーを作ってくれるに違いない。

(だが、問題はこの王様が、あたしのアドリブに乗ってくれるかだ)

パトリック王はじっとキリハを見つめている。

無論、彼はキリハの意図を見抜いているだろう。婚約を解消するに際し、責任をすべてアルフレッドにおっ被(かぶ)せようとしている、と。

(普通なら、こんなアドリブには乗らない。普通の親なら、あえて息子に泥を被せようとはしない……普通の親なら、ね)

キリハはこのパーティが始まるまで、唯一事情を知る執事のジェラルドから様々な情報を聞き出した。その中でも断罪イベントを切り抜けるための鍵として重要視したのが、この国の王であるパトリックの情報だ。

曰く、清濁併せ呑む器量を持った政治家。幼くして玉座に座った当時は侮る者も多かったが、現在は優秀な君主として尊敬を集めている。

(つまり、親である前に王だったわけだ。親じゃなく王としての判断を選ぶなら……)

「……キリハレーネ嬢はこう言っているが、アルフレッド？　お前はどう思う？」

「お、俺は……」

「お前が余の後継者であることにプレッシャーを感じていることは知っていた。余に認めてもらいたいと努力していることも。だがな、王とは他者を認める者であって、他者に認められる者ではない。それを知って欲しかったが……」

「ち、父上……」

「しばらく頭を冷やせ、アルフレッド。余も考え直す時間がいるからな」

「…………」

アルフレッドはがっくりと項垂れた。

父に認めてもらいたいと努力し続けてきたアルフレッドにとって「お前には失望した」と言われるほどきついことはない。

……もっとも、そうやって認められなかったことで落ち込む姿が、なおさらパトリックの失望を買ってしまうのだが。

「キリハレーネ・ヴィラ・グランディア公爵令嬢の願い、確かに聞き届けた。ヴィラルド王国の君主たる余、パトリック・ヴィル・ヴィラルダの名の下に、キリハレーネ嬢とアルフレッドの婚約を白紙撤回する。この場にいる者全員が証人となる……これで良いかな、キリハレーネ嬢？」
「はっ。陛下の手を煩わせてしまい、申し訳ありません」
「良い。そなたは余に従っただけ。そうであろう？」

パトリックがニヤリと笑い掛ける。悪戯(いたずら)を成功させた共犯者に向けるような笑みだ。

（……ド田舎で幽閉の危機を切り抜けたはいいが、どうやらこの陛下に『遊び相手』として認識されてしまったかねぇ）

内心で苦笑しつつ、キリハもニヤリと笑い返した。

「それでは陛下、他の皆様方の迷惑になりますので、わたくしはこの場から下がらせていただきます」

「そうか、そうだな。そなたとはまた日を改めてゆっくり話そう」

「畏れ入ります。それでは、失礼いたします」


見事なカーテシーをして、キリハはパーティ会場を後にした。

会場の注目を浴びつつ堂々と歩み去ってゆく姿は、どう見ても第一王子の婚約者の地位を失った敗者ではない。

己の力を誇る勝者の姿だ。

ひと仕事終えて会場を後にしようとしたキリハだが、その背中に粘ついた視線を感じて「ん?」と軽く振り向いた。

視線の主は、キリハに面目を潰されたアルフレッド王子……ではない。がっくり項垂れた彼に寄り添う亜麻色の髪の少女、ユリアナ・リズリットだ。

清楚で献身的な見た目と裏腹に、キリハを睨む眼はねっとりした悪意が染み付いている。


「……へっ」

「っ!?」

勝者の権利とばかりに鼻で笑ってやると、ユリアナはひくり、と口の端を引き攣らせた。

クソ気に入らないガワ詐欺女が外面を必死に取り繕っているのを見、キリハは悠々と歩き去る。

……だがしばらく廊下を歩いていたキリハは、「あっ」と失敗を思い出してぴしゃりと額を叩いた。

「しまった……王子様の指をもらうの忘れてた……」

第五話　人間関係と株取引って似てるよね

（……つまらない。つまらないつまらない、つまらない!!）

意気揚々と会場を出てゆくキリハを、ユリアナは憎々しげに睨み付けた。
もっとも傍目には、項垂れたアルフレッドの背を擦って親身に慰めているようにしか見えないが。

（……この王子様もずいぶんと価値が下がってしまったわね。まったく……演技とはいえこんなクズ男を慰めなきゃならないなんて）

「……アルフレッド様。どうか元気を出して下さい」
「……ユリアナ……」
「気にしてはいけません。口ではなんと言おうと、陛下はアルフレッド様に期待しておられるんです。また次の機会に挽回すればいいだけではありませんか」

「……ああ、ありがとう、ユリアナ……君はいつでも優しいな」

「そんな……畏れ多いです」

（ちっ。さっさと立ち直りなさいよ。いつまでもお前なんぞにわたしの貴重な時間を浪費したくないんだから）


傷ついた顔をするアルフレッドに微笑みかけながら、ユリアナは胸中で彼を罵倒した。

アルフレッドは卒業後、王太子として冊立される予定であった。ゲームのシナリオもそうなっていたし、現実でもそうなるだろうと噂されていた。

それが王から直々に「考え直す」とイエローカードが出されてしまった。ここから王を継ぐに相応しいと認めさせるには、かなりの努力と忍耐が必要になるだろう。

上場間違いなしの株だと思っていたら、世界恐慌真っ青の大暴落っぷりである。

（……仮にも王族。まだ最低限の価値はあるか。まったく忌々しい。損切りしたいのに、捨てるに捨てられないなんて）

ユリアナにとって、男とは自分の価値を高めてくれることが存在理由だ。買い支える、価値を上げてやる、なんて発想が元々ない。

自分の益にならない男はさっさと捨てて、新しく自分に益をもたらす男を探す方がいい。前世のユリアナは常にそうやってきた。

そんな彼女にとって、益のない男を自分の側に置いておくなど、反吐（へど）が出そうな行為だった。価値のない男に貴重な自分の時間を割くなど、金をドブに捨てるようなものだ。

（ちっ……こんなカスみたいな男を飼わなきゃならないなんて……本当につまらない真似をしてくれたわね、あの女！）

ユリアナは勝者のごとく会場を後にするキリハの背を殺気混じりに睨み付ける。

本来、ああやって歩くのは自分であった筈だ。自分こそが勝者で、悪役令嬢は惨めな負け犬として醜態を晒す筈だった。

自分があるべき場所を奪った悪役令嬢に、ユリアナは怒りのあまり卒倒しそうだった。

（わたしの玩具のくせに！　わたしを愉（たの）しませるだけが存在理由の悪役令嬢のくせに!!）

破滅させてやる。

仄暗い決意を胸に、ユリアナはギリッと奥歯を噛み締めた。

第六話　断罪イベントのその後

キリハがパーティ会場に使われていた王立学園の迎賓館を出ると、執事のジェラルドが待っていた。

「お疲れ様です、キリハレーネ……いえ、キリハお嬢様」

「キリハ、だけでいいよ。あたしはお嬢様なんてガラじゃない。背中が痒くなるよ」

キリハはからからと笑った。

腹芸は得意だが、得意だからといって疲れないわけではない。ましてや希望的に見積もって五分五分の博打を、この国の最高権力者を相手に仕掛けたのだ。前世だったら銀座の高級サロンで整体のフルコースを受けているところだ。

ようやく地が出せるようになって、キリハの肩も軽くなる。笑いもしようというものだ。

寮の自室――実際にはちょっとした一軒家なのだが、貴族にしたら『部屋』くらいの感覚だろう――に戻るや、キリハはドレスを脱いでコルセットの紐を緩め、ドサッとソファに寝そべった。クッションに顔を沈ませ、ぐでっと身体を弛緩させる。


「……一応わたくしも男なのですが」

「主の下着姿に欲情するんじゃ執事失格だ。あんたはその程度の執事なのかい？」

「……わたくしのことではなく、キリハ様のお心のことを言っているのですが」

「それこそ今更だ。男に裸を見られて顔を赤らめるほど、あたしも初心な生き方をしちゃいないんでね」

「……それで『普通の女の子らしく』なんて、よく言えますね」

「女ってのはたくさんのスイッチを持ってるんだ。女の恥じらいもオンとオフを使いこなせなきゃね。オンの時はちゃんと普通の女の子らしく恥じらうからいいんだよ」

「そういうものですか……」

「そういうもんだ」


ごろりとソファの上で寝返りをするキリハ。しどけない姿なのに……いや、しどけなくだらしない姿だからこそ、今の彼女には飾らない色気が溢れている。

ジェラルドはさり気なく視線をキリハからずらし、誤魔化すようにごほんと咳払いする。

「……しかし、本当にその場のアドリブとハッタリで切り抜けてしまうとは驚きでした」

「土壇場のハッタリに命を賭けてきたんでね。もっとも、どんだけハッタリをかまそうと、事前の情報がお粗末だったら意味ないさ。情報を教えてくれたあんたのおかげだよ」

「お褒めいただき恐縮です」

「ま、あたしがこうなったのもあんたのおかげなワケだが」

「…………何の話ですか？」

「何の話も何も、あたしをこの身体にぶっ込んだのはあんたじゃないか」

空惚けるジェラルドに、キリハはニヤニヤと笑って断定する。

視線を逸らしていたジェラルドだが、やがて降参とばかりに両手を上げてキリハに向き直った。

「……なぜ分かったのですか？」

「阿呆、分かるかそんなもん。ただのカマかけに決まってるだろうが」

「…………えぇえぇえっ!?　そんだけ自信満々に言い切っておいてハッタリだったんですか!?」

真面目な顔を崩したジェラルドが驚愕の声をあげる。

無理もない。

キリハは、まるで推理ドラマの最後の十五分あたりの、解決パートの探偵役みたいな顔をしている。さも『謎はすべて解けた！』と言わんばかりの顔をしておいて、まさかハッタリだったとは……視聴者に石を投げられそうだ。

「……そんだけ見事なドヤ顔しといて、間違ってたらどうするつもりだったんですか？」

「阿呆、ハッタリでカマかけるのに自信満々のドヤ顔にならずにどうするっていうんだ」

キリハは鼻を鳴らしてジェラルドのツッコミを笑い飛ばした。

間違っていたら黒歴史確定の場面で一分の綻びもないドヤ顔を晒す……羞恥心をねじ伏せる大した胆力である。

ハッタリに命を賭けてきたというキリハの言葉は嘘でも冗談でもなかった。命と比べれば、羞恥心などどうというものでもあるまい。

彼女に掌の上で転がされたと知り、ジェラルドが深々と溜め息を吐いた。

「…………一応、探偵の義務として、推理のキッカケを披露してくれませんか？」

「キリハレーネお嬢様の人物評を聞くに、自力で呪いの魔導書を手に入れられる器量があるようには思えん。お前が入手してお嬢様に渡したんだろ？　ま、そこまではお嬢様の意図をくんで実行したとして、だ。魂が抜き取られたお嬢様の身体にあたしが偶然入り込む……なんてのはあまりに出来すぎだ。何よりも、中身が別人に置き換わった、なんて与太話をあっさり受け入れること自体が怪しいじゃないか」

「いや、そこはファンタジーなんだって納得しましょうよ？」

「ファンタジーなんて存在しない。ファンタジーっぽい力がまかり通っていたとしても、人間の生き方がファンタジーになりゃしないさ」

「……ファンタジーな乙女ゲーの世界に、一番混入しちゃいけないヒトがやってきちゃった気がする……」

ジェラルドは全面降伏するようにがっくりと肩を落とした。

「おっしゃる通り……僕が管理者の力を使って、あなたを僕の世界に招きました」

第七話　全部〇〇っとお見通しだ！

「もっとも、あなたがやってきたのは僕の想定外ですけど。まぁ、地球から魂を招くお膳立てをしたのは僕で間違いありません」

キリハのカマかけに、あっさりネタバレするジェラルド。

世界の管理者――とどのつまりは神様だと宣（のたま）うジェラルドを、キリハはソファに寝そべったまま胡散臭（うさんくさ）そうに眺めた。

「ふぅん？　誰かをわざわざ招き寄せるってことは、何かやって欲しい事があるってことだろ？　神頼みならぬ人頼みとは、情けない神様もあったもんだ」

「確かに僕はこの世界の創造者ですけど、すべてを僕の一存で回しているわけじゃありません。僕の役どころはゲームマスターです。物語を紡ぐのはプレイヤーである人間自身。まぁ、管理者の仕事としてより良い物語（セカイ）になるようにテコ入れはしますけど」

「んで？　その情けない神様は、キリハレーネお嬢様の身体に別人の魂を招き入れて何をさせたいんだ？」

「……この世界は地球の『乙女ゲー』を下敷きにして創った世界です。『この愛おしい世界に慈しみを』ってゲームなんですけど……知りませんよねぇ、乙女ゲー」

「ああ、女性向けの恋愛ゲームだろ？　女主人公がイケメンの好感度を稼いで落としてくヤツ。あたしはノベルタイプよりシミュレーションタイプの方が好きだけどね」

「……なんでヤクザ屋の社長さんが乙女ゲーを知ってるんです？」

「あたしも声優事務所とゲーム会社をいくつか持ってたから、概要程度は知ってるさ。タピオカで儲けた金をぶっ込んだんだが、いやぁオタク産業は儲かるよね。夏と冬になるとウチの若い衆も販売とスカウトで忙しくしてたもんさ。最近は企業政治で裏切られて不貞腐れてたラノベ作家を大量に引っ張ってきて、大手出版社に喧嘩を仕掛けたりしてたね」

「じ、自由すぎる……Twitterのマンガみたいだ……」

「けど、なんでよりによって乙女ゲーを下敷きにした世界なんて創ったんだ？」

「……人間の想像力って、すごい力があるんですよ。神が新たな世界を創造するに当たって、人間の想像力は大きな起爆剤になります。それが多くの人間が共有している想像なら尚更です」

「ふぅん？　なら、七つの玉を集めたら龍が出てくる世界とかもあるのか？」

「ありますよ。何度も宇宙が滅びかけるんで、管理者はものすごく苦労しているみたいですけど」

「……ゴム体質の海賊が出てくる世界も？」

「ええ、もちろん。地球はそういった創造性を育む世界でもあるので、地球で名の知れた創作物はたいていどこかの神が利用しています」

「地球は神様の創造のための創作栽培所ってワケかい。でも別段あんたは乙女趣味ってワケでもなさそうだけど？」

「そりゃあ、僕が楽をするためです」

「……乙女ゲーだと神様は楽できるのか？」

「乙女ゲーは基本的にラブ・アンド・ピースですからね。全体的に生温くて優しい、手間のかからない世界だと思ったんですよ。管理する方だってストレスレスな方が良いじゃないですか」

自信満々に、あまり自慢にならないことを言う神様。

今ひとつ頼りがいのなさそうなジェラルドを胡散臭く見ていたキリハだが、今や完全に白けた眼を向けていた。

（こいつ、典型的なことなかれ主義の日本人じゃないか）

仕事を振られて、毒にも薬にもならない書類を提出してお茶を濁すタイプだ。どこの職場にも必ず一人はこういう奴がいる。

「……手間のかからない世界なら、神様が出張る必要はないんじゃないのか？」

「その筈だったんですけどね……バグというのは常に発生するわけで。特に今回は、特大級のバグが、一番バグっちゃいけない場所に発生しまして……」

「ははぁん？　分かったぞ。それって王子様の隣にいた、清楚っぽいガワをした女のことだな？」

「ええ……ユリアナ・リズリットは、いわゆる乙女ゲーの主人公枠の少女なのですが……」


ジェラルド曰く、世界の管理者が完全に意図しない転生によって、主人公枠——すなわち管理者がテコ入れをして世界をより良くする為の人物の性格が歪(ゆが)んでしまったのだという。


「本来なら、ユリアナ・リズリットは、コンプレックスに悩む攻略対象を救い、このヴィラルド王国にさらなる平和と繁栄をもたらす筈でした。しかし、予期せぬ転生で彼女に宿ったのが……自分の為に他人を虐げて屁(へ)とも思わない、最悪の性格の女性で……」

「ああ、あれは他人を陥れるのが三度の飯より好きなタイプだろうね」


どれほど上手く外見を取り繕おうともキリハは大凡(おおよそ)の人物が判る。そうでなければ、こんな風に転生するよりもっと前におっ死んでいた。

キリハの眼には、あのユリアナという少女が救いようのない下衆だと映った。

時々いるのだ。

ああいう、他人を食い物にしないと生きていけない人間が。


「公衆便所に流されず放置されたゲロみたいな臭いがしたよ」

「うっぷ……想像するだけでもらいゲロしそうな表現ですね……けどその通りです。あの邪悪に歪んだユリアナのせいで、アルフレッド王子をはじめとした攻略対象がメチャクチャにされます。本来ならアルフレッド王子は、父親へのコンプレックスを乗り越えるはずだったんですよ？　けれど彼女がしたことは、コンプレックスを乗り越えさせるのではなく忘れさせること……一番タチの悪いやり方です」

「劣等感ってやつは乗り越えない限りは消えないからね。目を逸らして抱え込めば腐るだけ。腐った人間は自分の価値を上げるより、他人の価値を下げて自尊心を満たすようになる。人間のクズのいっちょ上がりだ」

「ええ……この身体になる前に神界でシミュレーションした結果、彼女によってこの国の屋台骨は軒並み腐ってボロボロになります。そしてヴィラルド王国はこの大陸の東西の結節点というべき場所にある重要な国です。この国が揺らげば、大陸の東西の均衡も崩れてしまう……そして訪れるのは大陸全土を巻き込む長期の戦乱です」

「そいつははた迷惑なことだねぇ」

唐の玄宗皇帝を骨抜きにした楊貴妃然り。

周の幽王を微笑みだけで破滅させた褒姒然り。

たかが女ひとりのせいで世が乱れるなど現代社会では笑い話だが、封建社会では度々起こる。

それはこの世界でも変わらないようだ。

「それで、あの女をどうにかするために、あの女と同じ世界の人間の機知が必要だってわけだ。だが、よりによって乙女ゲーなんてまったく知らない、あたしのような人間を呼び寄せることもあるまいに」

「いえ、本当は別の人物を召喚する予定だったんです。ちゃんとゲーム知識のある少女をね。ほら、あなたが死ぬ原因になった抗争で、あなたが庇った少女がいたでしょう？　本来なら彼女を喚ぶつもりだったんです」

「…………ほぅ」

「本来なら彼女が亡くなるはずだったんです。けれど死んだのはあなただった……知った時には頭を抱えたくなりましたよ」

「…………ほぅ」

「けど、結果良ければすべて良し！　ですね。最初の関門だった断罪イベントを上手くくぐり抜けてぐれぼぉ!?」


右ストレートでぶっ飛ばされたジェラルドが家具を巻き込んで派手にぶっ倒れる。

一瞬の早業で執事をぶん殴ったキリハは、目を回すジェラルドを能面のような顔で冷ややかに見下ろした。


「な、なにを……」

「ケジメだ、ケジメ。あたしだから良かったものの、お前、ヤクザの抗争に巻き込まれて死んだ女の子を、一歩間違えたら人生の終わりまで幽閉されるか、身一つで知らない異世界に放り出されるような状況に追い込もうとしてたんだろ？　そんなアホな真似をスルー出来るか」

「ぼ、僕にも止むに止まれぬ事情が……」

「あ？」

「ひっ……」


さすがに本業のガン付けは迫力が違う。

ジェラルドは殴られた頬の痛みを忘れてガタガタ震え出した。

「無関係の素人を巻き込むな……極道でも知ってる当たり前の道理だ。それを破るバカを、あたしはいつもこうやって教え込んできた。バカは他人の痛みが分からん。自分が痛くなるまで、他人の痛みなんて想像できん。お前、申し訳ないと思いつつ、仕方のないことだって思ってるだろ？」

「うぐっ⁉」

「自分のケツは自分で拭け。その程度の常識も分からんバカなら、殴って思い知らせるしかないだろうが」

「……申し訳ありません……」

「他に言うことは？」

「……大変ご迷惑をおかけしますが、協力していただけませんか？」

「最初っからそうやって下手に出てればあたしも乱暴な真似をせずにすんだんだ。あんたは自分の不甲斐(ふがい)なさをもちっと自覚しな」

「う、うう……僕、この世界の管理者(カミサマ)なのに……」

「あ？」

「すみませんすみません！　不甲斐なくてすみません‼」

キリハの眼光一つでヘタれるジェラルド。

出来る執事の雰囲気は微塵もなく、ましてや神様っぽい威厳など欠片もない。

これが異世界召喚した管理者の成れの果てである。

キリハはソファにどかりと座り直すと、借金取りに平謝りする債務者のようなジェラルドに話の続きを促した。


「んで、次は何をすればいいんだ？」

「あ、はい。やってもらいたいことは単純です。あの歪んだ乙女ゲーヒロイン、ユリアナ・リズリットの邪魔をして欲しいのです。あの少女がメチャクチャにするであろうこの国を、なんとか混乱させないように……」

「なんだ。そんなことか。それなら今更だよ」

「？　どういう意味です？」

「あの女は、ほっといてもあたしに絡んでくる。自分の思い通りにならない人間が死ぬほど嫌いなんだよ、ああいう女は」


キリハは会場を去る間際の、自分の背に注がれていた粘つく視線を思い出した。

あの女は、自分以外の人間を餌か害虫としか思っていない。そして自分は、今回のことで確実に害虫と認識されただろう。

「ほっといても何か仕掛けてくる。なら、あたしは堂々と迎え撃つだけさ」

キリハはニヤリと笑った。

ヒロインが浮かべるものでも、ましてや悪役令嬢の浮かべるものでもない。

ふてぶてしく強かな、女組長の笑みであった。

第八話　乙女ゲーヒロインは闇の中で嗤う

ユリアナ・リズリットに転生した『彼女』は、前世ではごく普通の家庭で生まれ育った。

父はとある企業のエンジニアで、母は週三日ほどパートに出かけていた。ただ、不況に喘いでいた時代に郊外とはいえ一軒家を購入してローンも払い終えていたから、中流家庭でも余裕がある方だったろう。

父と母の仲は良好で、喧嘩はするがすぐにころっと忘れて一緒に食卓を囲む、どこにでもいる普通の夫妻だった。

子供の教育にとって幸福と言えるほど一般的な家庭の中で『彼女』は生まれ育った。

そんな『彼女』が、なんで他人のものを奪い、他人が悔しがり嫉妬に狂う姿に幸福を感じるようになったのか、当の本人にもまったく理由が分からなかった。

が、分からなくても一向に構わない。

重要なのは、自分が自分の『幸福のカタチ』を認識できていることだ。

多くの人間は、漠然とした『人生の幸福』を追いかけて時間を無駄にしている。だが自分は、自分を幸福にしてくれるものをはっきりと自覚できている。その他多くの人間と比べ、なんて自分は恵まれているんだろうと、『彼女』は自分の幸運に感謝した。

そして『彼女』は、多くの人間から多くのものを奪っていった。

何度か失敗もしたが、その度に学習し、より多くの幸福を得る方法を確立していった。

そして最終的に、自分が堕とした人間を利用するやり方を覚えた。

自分の手を汚すなんて下策だ。自分が幸福になるために他人の恨みを買うなんて、本末転倒である。

汚れるのは他人に任せっきりにしてしまえば、『彼女』は永遠に幸福でいられるのだ。

「ユリアナ！　あの厭味ったらしいキリハレーネへの援助を止めさせたぞ！」

「まぁ……でもそんなことをしたら、キリハレーネ様がお困りに……」

「君は優しいな、ユリアナ。だが、これであの女も自分のしたことを少しは思い知るだろう。王家を侮辱しておいて援助を得るなど、許されることではないからな」

アルフレッド第一王子がユリアナに笑いかける。

『彼女』――ユリアナも表面上はキリハレーネを心配しているかのように困った顔をするのだ

が、腹の中では何度も何度も舌打ちしていた。

(ちっ……その程度のことしか出来ないのかしら、この王子サマは。とっととあのムカつく女を死刑にでもなんでもすればいいのに)

国王から直接叱責された直後の低下した影響力では、出来ることなどそれほど多くない。アルフレッドは自分の功績のように語っているが、彼との婚約が破棄されれば、キリハレーネへの王家からの援助が絶えるのは既定路線だ。彼がしたことは、援助の打ち切りをいくらか早めただけでしかない。

(それでもマシ、と考えるべきかしらね。学費が払えなくなって学園から追い出されれば、あとは何とでもなるもの)

王立学園の敷地(しきち)内は、数多(あまた)の警備員と幾重もの魔術防御が張り巡らされている。貴族の子女を預かるのだから当然だ。

(学園の外にさえ出されてしまえば、暴漢に襲われても不思議じゃないものね。そして貴族の

娘がレイプされたなんてことになれば、社会的に死んだも同然。いえ、もしかしたら暴漢に攫われて、奴隷に落とされるかもしれないわねぇ）

ヴィラルド王国には奴隷制度はない。だが大陸の一部では、まだ奴隷制度が幅を利かす国がある。『この愛おしい世界に慈しみを』のアペンドディスクには、奴隷であった過去を背負う陰のある冒険者とのロマンスがあったから間違いない。

そういう国に売り払われてボロ雑巾のように使い潰される……悪役令嬢に相応しい最後だろう。

（あの女も金がなくて追い出されると分かったら、追い出さないでくれと縋り付いてくるかもしれないわね。ふふ、でも決まりは決まりなんだからしょうがないわよね。でもそうなったら知らない仲じゃないから、知り合いにお世話を頼んでおこうかしら）

ゲームの知識があるユリアナは、すでに王国の裏社会の住人とも顔を繋いでいる。

名ばかりとはいえ公爵令嬢、多少キツい顔付きだが十分以上に整った容姿……そんな女がいると囁けば、彼らも喜んで引き取りに駆け付けてくれるだろう。

散々男たちの玩具にされた後で薄汚い路地に捨てられる……そんなキリハレーネの惨めな末

路を夢想して、ユリアナは腹の中でほくそ笑んだ。

「あれだけ虐めた相手にも心を配るなんて、ユリアナ嬢はほんとうに心優しい方ですね。それに比べて、わたしの婚約者は……」

「君の婚約者ならまだマシだろう？　僕の婚約者は、幼馴染みといってベタベタ馴れ馴れしくて……ユリアナの慎ましさが少しでも彼女にあれば……」

「貴族様は大変だな。もっとも、俺も婚約者と結婚したらその仲間入りなんだろうが……正直、王子と陰険女の関係を見ると、親の都合で決められた結婚なんて御免こうむりたいね」

王子の取り巻きたち――クール系眼鏡男子のユニオン、文系後輩男子のエリアルド、ツン系毒舌男子のイリウスが嘆息している。

彼らは口々に自分たちの婚約者の愚痴を漏らすと、救いを求めるようにユリアナに目を向ける。

「ユニオン様、宰相閣下のご子息であるというだけで意に沿わぬ相手との結婚などおかわいそうに……エリアルド様のご両親も、友達と夫婦がまったく別物だと分かってくださればいいのに……イリウス様が金で結婚を買ったなんて言われるようになるのは、わたしも許せませんわ……」

『ユリアナ……』

労い慰めるユリアナを、女神でも見るかのように見つめる三人の攻略対象。

ユリアナは彼らの自分への依存ぶりを確認しながら、ふと新しい遊びを思い付く。

（……この三人の婚約者は悪役令嬢ではないから没落はしないけど……ふふ、ただ待っているのもつまらない。彼らの婚約者を使って、愉しむとしようかしら）

慈悲深い聖女のような笑みの裏で、ユリアナは新しい玩具の遊び方を考えてワクワクと胸を躍らせるのだった。

第九話　キリハさ〜ん、お仕事ですよ！

ヴィラルド王国の冒険者ギルド王都本部。

この世界において、冒険者は民間警備会社のような役割を担っている。

もっとも、彼らが警戒し排除するのは、同じ人ではない。

彼ら冒険者は、魔物を狩り、魔物から人々を守ることを主な仕事とする者たちだ。

王国の騎士たち、軍人たちも魔物から民を守る任務を帯びているが、街道警備や大都市に人を割かれるのは避けられない。何より国に所属する以上、どうしても動きは上の指示待ちになる。

故に冒険者という身軽に動ける者たちは常に必要とされていた。

昼飯時になると、ひと仕事終えた冒険者たちで、ギルドの中は騒がしくなる。大半は街の便利屋稼業に精を出す初級冒険者だが、近隣の魔物をひと狩りして帰ってきた上級冒険者もちらほらいる。

そしてギルドに併設された酒場では、貧乏所帯の初級冒険者たちに上級冒険者が奢ってやりながら自慢話に興じている。もっとも冒険者を支援するという名目の併設酒場だから、それほど偉ぶる金額を奢るわけでもないのだが。

「――ごめんなすって」

さして大きくはない、しかし耳に残る凛とした声とともに扉が開くと、ギルド内がしんと静まる。

入ってきたのは、一人の少女だ。

纏っている装備こそ初級冒険者がよく使う革鎧とショートソードなのだが、地味な格好をしていても人の目を惹く。

それは、ポニーテイルに纏めた輝かしい金髪のせいかもしれないし、切れ上がり気味の強気な瞳のせいかもしれない。あるいは、簡素な格好だからこそ目立つ、彼女のメリハリのある身体つきのせいか。

はたまた、風の吹くまま気の向くままに揺蕩う荒くれどもの気を引く、何らかのニオイを纏っているためか。

冒険者たちが見守る中、少女はギルドの受付カウンターへ歩いてゆく。カウンターにたどり着くと、手にしていた大袋をどさりと受付嬢の前に置く。

「おかえりなさい、キリハさん。これは？」

「依頼にあったオークジェネラルとその群れの討伐証明だ。確認してくれ」

「群れ丸ごと討伐しちゃったんですか!?」

「ジェネラルを討ったら、群れのオークどもがあちらこちらに散らばってな。そっちを探す方に時間がかかったよ」

少女冒険者――キリハが肩を竦めると、ギルド内がどっと沸いた。
彼女を注視していた冒険者たちが、わいわいがやがやと語り合う。

「ほら言ったろ！　姫姐（ひめねえ）さんならオークジェネラルくらい屁でもないってよ！」

「くそっ、いくら姫姐さんでも一日仕事だと思ってたのに……！」

「昼飯前に帰ってきたから俺の勝ちだ！　さっさと掛け金よこせ！」

「いや待て、もう昼メシ時だろ!?」

「まだ食い終わってないから昼飯前だよ！」


彼方此方（あちこち）で悔しがる呻きと得意げな笑いが木霊する。

自分の依頼達成時間で賭けをしていたのだと察し、キリハは呆（あき）れ顔（がお）になった。

「みんな暇人だねぇ。面白いことなんてたくさんあるだろうに、わざわざ初級冒険者を賭けの対象にしなくてもよかろうに」

「ただの初級冒険者なら、その通りなんでしょうけどね……」


猫耳の獣人受付嬢が、キリハの持ち込んだ討伐証明を確認しながら言う。


「登録に来たその日の内に新人イビリを返り討ちの騒ぎを起こして大乱闘。おまけにギルドマスターまで蹴手繰り倒したのはどこのどちら様でした？」

「舐められたら終わりってのが、荒くれ商売の鉄則だろ？」

「まぁ、その通りだからキリハさんの登録も認められたんですけど……その後もいろいろやらかしたじゃないですか？」

「何かやったっけ？」

「いきなりゴブリンの巣穴を殲滅して『百匹斬り』を達成したり、質の悪い悪徳冒険者を叩きのめして番所に突き出したり、迷子のユニコーンを保護したり……極めつけはS級冒険者に告白されて手酷く振った『S級告白事件』ですよ……たった半月でよくもまぁやらかしたと思いますけど？」

「ほんとにはた迷惑な連中だったよねぇ」
「大事にしたのはあなたでしょ！　って、にぁあっ⁉」

キリハにふにふにと猫耳を撫でられて、受付嬢が甘い悲鳴をあげる。

「まぁまぁ、リリサちゃん。そんなに眉間にシワを寄せたら、せっかくの美人が台無しだよ？」
「にゃ、にゃああん……き、キリハしゃんに言われると、嫌味にしか……にゃはぁあんっ⁉」
「ほーれ、ほれほれ。ここがいいんか？　ここがいいんか？」
「にゃはぁあん……にゃあぁぁぁ……そんな奥までぇ……にふぁぁぁ……」

猫耳のみならず、顎の下やうなじを撫で付けられて甘い声を出す獣人受付嬢リリサ。
口では嫌がりつつ自分の手を受け入れる彼女を、キリハは全力で撫で回す。

（ああ……やっぱりもふもふはいいねぇ……）

よくフィクションに出てくる裏組織のボスが犬や猫を撫で付けているが、キリハの知っている裏社会の重要人物たちもペットを飼っていた。

何しろ、舐められたら終わりの商売だ。外ばかりでなく、子分たちにも弱みを見せられない。そんな立場でストレスを溜めない人間などいない。だから彼らは、威張る必要のないペットを飼う場合が非常に多い。もふもふは癒やしなのだ。

キリハも、一度野良猫を拾って大事にしていた。気の強いメス猫ではじめは警戒されたが、懐くとベッドどころか風呂場まで付いてくる寂しがり屋の可愛いやつだった。亡くなった時には随分と落ち込んだものである。


（しっかりとした身分と家を手に入れたら、また新しい家族を探してみようかねぇ）


それまでは彼女で我慢だと、キリハは昔取った杵柄（きねづか）でリリサの猫耳へ快楽を注ぎ込む。

そんな彼女らを、冒険者たちが慄然と見つめる。

冒険者登録してから半月で様々な騒ぎを起こして一目置かれるようになったキリハだが、先輩冒険者たちが一番感心しているのが、堅物で真面目な猫耳受付嬢を陥落させたことだとは、当人だけが知らないことであった。


「ふぅ、満足満足」

「にゃ、にゃぁぁ……ぅ、うう、もうお嫁にいけにゃいぃ……」

「だったらあたしの家へ嫁に来るかい？」

「けっこうです！　……はい、確認しました。依頼達成報酬に追加討伐ボーナス含めて二〇五万と三〇〇エラです」

「三〇万エラだけ貰うよ。あとはギルドの預金口座に振り込んどいてくれ」


キリハはリリサから依頼達成書と報酬を受け取る。

この国の貨幣単位エラは、一エラで単純に一円である。ゲームを基本設定にした世界らしい分かりやすさだ。ちなみにこの世界の時間設定も地球と同じ二十四時間三六五日である。こだわるところはとことんこだわるが、手を抜くところはとことん手を抜く制作陣だったらしい。クリエイターあるあるである。

命がけでモンスターを狩って二百万円……高いか安いかは微妙だが、国が下請けへ払うにははした金であるのは確かだろう。


「そうだ、また薔薇(ばら)通りからキリハさんの指名依頼ですよ。次の日祭日に護衛を頼みたいと」

薔薇通りというのは一種の隠語で、娼館(しょうかん)が集まる区画のことだ。

なにかとトラブルに見舞われやすい娼婦(しょうふ)たちの護衛は、女性冒険者によく回ってくる仕事のひとつなのだ。

「メッシーナとパルマが遊びに出たいって言ってたからそれかな？　了承したとディアンヌ夫人に伝えといてくれ」

「畏まりました。……ところでキリハさん、あなたが彼女たちに供給しているという香りのいい石鹸、わたしにも頂けませんか？」

「リリサちゃんも女の子だねぇ。そんなひそひそ声にならなくてもお裾分けするよ」

「……年下にちゃん付けされるのは侮辱なはずなのですが、キリハさんは不思議と許せてしまいます。だから娼館の女性たちにも慕われているんでしょうか？」

「あたしはただ、話し相手になってやってるだけだよ。それじゃ、ご苦労さま」

ひらひらとリリサに手を振り、酒に誘ってくる冒険者たちを軽く躱し、キリハは冒険者ギルドを後にした。

第十話　属性マシマシでラーメン○郎ですか、あなたは？

冒険者ギルドから王立学園の寮に戻ると、ジェラルドが着替えを用意していた。

冒険者ルックからお嬢様スタイルに着替えて髪をドリルにすると、キリハはソファにもたれてお茶を淹れるようジェラルドに言いつける。

「ようやくこの身体に慣れてきたよ。あんたに教えてもらった身体強化の魔法も随分上達した」

「気合と根性であっさり会得したキリハ様が規格外なだけと思いますけど……」

「しかし、せっかくの魔法だ。どうせなら火とか風とか出してみたかったがな」

「そこは生まれつき備わった属性に由来しますから。その身体の本来の持ち主であるキリハレーネお嬢様が魔法の習得に後ろ向きだったのも、効果が地味な無属性魔法にしか適性がなかったからです。もっとも純粋な無属性魔力の持ち主は、魔力容量そのものは常人を圧倒するんですが」

「ふぅん。ま、勝負ってのは持ち合わせた手札をどう切るかだ。無い手札に夢見てもしょうがない。幸い、冒険者稼業をするのに、今んとこ支障はないしね」

「……まだ冒険者を続けるんですか？」

「あん？　なにか問題があるのか？」

「……悪役令嬢で女組長で冒険者とか、属性増やしすぎだと思いますけど？」

「悪役令嬢が金を持ってるならあたしだって三食昼寝も吝（やぶさ）かではないんだけどね」

指で◯を作り、キリハは肩を竦めた。

「ファンタジーだろうが、人間が生きるのに金が必要なのは変わらない。学園に留（とど）まるためにもしっかり稼がないと。それとも何かい？　あたしが悪役令嬢に専心するために、あんたが金を用意してくれるのか？」

「……僕もこの身体で活動する以上は人間以上のことは出来ませんので……」

ジェラルドが紅茶を差し出すと、キリハは作法など気にせず、まるで湯呑（ゆのみ）でも持つようにカップを持ち上げて茶を啜（すす）った。

「美味（うま）い茶だが、ブランデーはないのか？　スコッチでもいいが」

「乙女ゲーのレーティングを考えてくださいよ!?　どこの世界に紅茶にアルコールを入れたがる乙女ゲーのお嬢様がいますか!?」

「ここにいるが？」

「う、うう……僕の世界(乙女ゲー)の法則が崩れる……」

ジェラルドが天を仰ぐ。もっとも天にいるべき神はここにいる彼自身なので、何の意味もないが。

王家からの援助はすでに打ち切られているが、キリハに堪(こた)えた様子はない。そもそもが、他人に頼らず己を頼む極道の元締めだった女である。働かざる者食うべからずと、さっさと働き口を見つけてしまった。

手っ取り早く稼ぐのに冒険者という選択は順当ではあるが、キリハはジェラルドの予想を超えて冒険者に順応していた。

そもそも、この王立学園の学業システムは単位制だ。基礎学問に関しては遥(はる)かに進んだ現代社会で教育を受け、おまけに地頭も良いキリハだ。必要な試験やレポートでさっさと単位を取得すると、普通の生徒たちが社交に使う時間を、彼女は冒険者稼業に注ぎ込んだ。

嬉々(きき)としてゴブリンやオークの首を落としてレベルを上げ、どこで覚えたのか見事な解体技術で毛皮を剝ぎ、荒くれ冒険者たちとマンガ肉片手にガハハと笑い合う。

常に血と臓物の臭いを漂わせて帰ってくるキリハは、どう見ても乙女ゲーの登場人物とは思えない。もはやモン〇ンワールドの住人だ。

ファンタジーでオサレな乙女ゲー的世界観をマウント取ってぶっ壊してゆくキリハに、ジェラルドは白目を剝いてグロッキー寸前であった。

「血腥い(ちなまぐさ)いの嫌いだから、競争率激しい乙女ゲー世界の創造権をゲロ吐く思いをしてまでゲットしたのに……」

「その神様が役立たずだから、あたしがこうやって稼いでいるわけだ。あたしの稼ぎにケチを付けないで欲しいね」

「別にケチを付けたわけじゃ……そうだ！　錬金術で金を錬成しましょう！　錬成スキルはカンストしてますからお茶の子さいさいです！」

「金は駄目だ」

即座にきっぱり拒絶され、ジェラルドは「おっ？」と感心した。
何だかんだ言って、やはりズルで稼ぐのは気が咎めるのか……。

「金の密売はヤバイ。すぐ警察に目を付けられる」

……などと考えたが間違いだった。

「よく質屋が金を売ってくれって広告出してたが、質屋は警察とつるんでやがるからね。金貨や小判はともかく、無垢の金塊なんて持ってってったら速攻で通報されて御用だよ。金売買は素人が手を出していい商売じゃない」

「…………」

「けど、それでも儲けられるからってバカな真似をする奴らもいてね。シマを荒らす中国人をぶった切ったら、ハラワタの代わりに金の粒が零れた時はあたしも目を疑ったよ」

「やめて！　聞きたくない！」


あまりに血腥い金ビジネスの実態に、ジェラルドが耳を押さえて絶叫した。


「……僕はただ、本来の使命も思い出して欲しいなー、と思ったり思わなかったりするわけでして……」

「使命、ね。その言い方は好かん。あんたのケツを拭いてやるのは、あくまであたしの善意によるものだ。使命なんて言い方でさも『やるべきこと』と宣うのは筋違いも甚だしい」

「……どう見ても善意があるようには……」

「あ？」

「ひっ……た、大変失礼しました……それでその、キリハ様の善意に縋らせてもらって恐縮ですが、こちらを読んでいただけますか……？」

そう言ってジェラルドが差し出したのは、一通の手紙だった。

受け取って確認すると、かなり上質の紙を使った封筒で、おまけに封蠟（ふうろう）には立派な家紋が刻まれている。

「これは？」

「さきほど届けられました。使者の話では、お茶会へのお誘いだと」

「お茶会、ねぇ。これまでのキリハレーネお嬢様の行いを鑑みるに、お茶会に誘ってくれるお友達なんていなさそうだが？」

「とりあえず読んでみてくれませんか？　僕の予想だと、重要な人物たちからのお誘いだと思うので」

「……重要な人物、たち、ね」

差し出されたレターナイフで封を切ると、キリハは中に入っていた手紙を読み始める。

確かに、お茶会の招待状のようで、簡単な挨拶と誘い文句の後、参加者の名前が記されていた。

「リッタニア・ヴィラ・アールスエイム侯爵令嬢、ミラミニア・ヴィラ・クリスエア伯爵令嬢、エノラ・ヴィラ・ルタリア子爵令嬢……」

「やっぱり……彼女たちは攻略対象の婚約者たちです」

「攻略対象……王子様の愉快な仲間たちのことか」

「ええ。リッタニア嬢はユニオンの、ミラミニア嬢はエリアルドの、エノラ嬢はイリウスの婚約者です」

「宰相の息子に、天才芸術家に、大商会の跡取りか。なんで攻略対象の婚約者があたしをお茶会に誘うんだ？」

「ユリアナは逆ハールートに邁進(まいしん)していましたからね。王子以外の攻略対象も、隙あらば婚約破棄したいと思っているんです」

「けどあの女が未来の王妃を狙ってるなら、別に他の男たちが婚約破棄したって、彼女と一緒にはなれないだろ？　なんで婚約破棄する必要が？」

「ユリアナへの愛を証明するためです。彼女への愛を証明するため、彼らは一生独身を貫く覚悟なんです」

「……婚約破棄のバーゲンセールだね」

「そんな理由で婚約破棄などされたら彼女たちは大恥です。女の魅力がないと言われたようなものですからね。貴族令嬢として新たな嫁ぎ先を見つけるのは絶望的です」

「そうならないために、第一王子を華麗に振ったあたしの助言が欲しい、と」

「ええ」

「けど、別段キリハレーネお嬢様と親しかったわけでもなく、あたしにとっても見知らぬ相手だ。助けてやる理由があたしにはないね」


キリハは興味を失って手紙を放った。

ずずっ、と紅茶を啜る彼女に、ジェラルドは手紙を拾っておずおずと語りかける。


「……出来れば彼女たちを助けてあげてくれませんか？」

「？　なんで？」

「彼女たちが攻略対象に婚約破棄されるのが、この国の崩壊の序曲です。エノラ嬢のルタリア子爵家はともかく、アールスエイム侯爵家とクリスエア伯爵家はこの国でも影響力のある名家です。このまま婚約破棄されると、不満を持った両家が近い将来反乱を起こします」

「そりゃそうなる。親として娘を侮辱され、当主として家名を侮辱されるんだ。リーチが掛かった状態で何か失政があれば、縄を解かれた猟犬のように突っ込んでくだろうよ」

「内戦が始まって、東西の国が競ってヴィラルド王国を手中に収めようと群がってきます。そうさせないためにも」

「彼女たちには穏当な形で攻略対象とのケジメをつける必要がある、と」

「その通りです」

ジェラルドが改めて、お茶会の招待状を差し出してくる。

招待状に記された三人の少女の名を眺め、キリハは気乗りしない顔で鼻を鳴らした。

「まぁ、そういう事情ならお茶会には参加してもいい」

「そ、そうですか!?　そうですよね！　いやー、そうこなくては！　いよっ、キリハ様！　あんたが大将!!」

「けど助けるかどうかは彼女たち次第だ」

キリハが動いてくれると分かって燥いでいたジェラルドが、付け加えられた一言でぴたりと動きを止める。

「……彼女たち次第？」

「気に入らない人間を助けるほど、あたしは出来た人間じゃない」

「いや、そこはほら、この世界の安定のために……」

「あたしは社会の安定のために切り捨てられた連中を纏めてた女だぞ？　そんなのは理由にならん。あたしは、あたしが助けたい人間しか助けない」

「…………」

「あんたはせいぜい祈ってな。このお嬢様たちが、あたしが助けたいと思わせてくれる人間であることを、な」

神様が誰に祈ればいいのだと途方に暮れるジェラルドに告げ、キリハは温くなった紅茶をグイッと飲み干した。

第十一話 ヤクザ令嬢式お茶会のすゝめ

「キリハレーネ・ヴィラ・グランディアです。アールスエイム侯爵家のリッタニア様のお招きにより参上しました」

お茶会当日。
キリハはきっちりと着飾って指定された寮――個人用の小さな屋敷へと向かった。
執事を引き連れて歩いてくるキリハにぼぅっと見惚れていた門番は、彼女に招待状を差し出されてようやく正気に戻った。幾分どもって「伺っております」と言って門を開ける。

「ありがとう」

にっこり笑って通り過ぎるキリハを、門番は夢心地で見送った。

「……完璧なご令嬢ぶりですね」

行儀悪くソファに胡座をかきながら紅茶を啜っていたのと同一人物とは思えない優雅さと淑やかさを見せるキリハを、ジェラルドは狐につままれた顔で眺めている。

ドレスを用意したのはジェラルドだが、今日のキリハは化粧も髪のセットも自分で行った。そのどれもが完璧な上で遊び心が加わっており、ともすると気の強い印象しか与えない彼女の造作を凜々しくも華やかに飾り立てている。

プロ顔負けの技術力だ。


「言ったろ、女にはたくさんのスイッチがあるって」

「スイッチだけあっても回線が切れてたら意味ないのでは？」

「おっ、言うようになったね。まぁ、友人たちが色々と世話を焼いてくれたんだ」


苦笑するキリハだが、目元は優しく緩んでいた。

女になるより先に組長になってしまったキリハだが、歳を重ねて成熟してゆくにつれて部下の女房や経営先のホステスたちから不満が出るようになった。

曰く、『姐さんをみっともない女にはさせられないわ！』と、彼女たちはこぞってキリハに女のイロハを教え込み始めた。

化粧はもちろん、ファッションセンスやさりげない仕草、男を魅了する会話術などなど。

「女のあたしでも『女ってなんて面倒くさい生き物なんだ』って辟易したが、教えてもらったことで無駄になったものはひとつもなかったな」

「ははぁ……つまりキリハ様は女性のエキスパートだと」

「その割に処女を捨てる機会がなかったから、アラサーになっても小娘のままだったけどね」


不貞腐れたように嗤うキリハだが、ジェラルドは密かに恐ろしい想像をしていた。

キリハほどの女性なら、群がってくる男は星の数ほどいただろう。実際、彼女は「男友達はいっぱいいいた」と言っていた。その中には彼女が絆される男が一人や二人くらいいてもいい筈だが、キリハが明確に『男』と認識した人物がいたような気配はなかった。

……みっともない女にはさせられないっていうのは、逆に言えばみっともない男に渡せないってことじゃ……。

もし彼女たちがキリハの男を見定める目も青天井に上げたのなら、果たしてキリハの御眼鏡に適う男なんて現れるのか。

……こりゃあ『普通の女の子』の道は果てしなく遠そうだ……。

館のドアをノックすると、ジェラルドと同じ格好の執事が出迎えた。庭に案内されると、東屋のような場所があり、そこにはすでに三人の少女がキリハを待っていた。

「……ふぅん」

「キリハ様？　どうか穏便にお願いしますよ？　いきなり殴って耐久試験とかそういうのはナシでお願いしますよ？」

「お前はあたしを何だと思っているんだ。ほれ、さっさとどっか行け」

「……ほんとにお願いしますよ……？」

ぐだぐだと念を押しながら、ジェラルドは執事の控室へ向かっていく。

キリハはほんのちょっとだけ皮肉げな笑みを浮かべ、すぐに澄まし顔を作って東屋へと歩いてゆく。

「……お待ちしておりました、キリハレーネ様」

三人を代表して、銀髪でメガネを掛けた知的な雰囲気の美少女が挨拶をした。

この少女がリッタニア・ヴィラ・アールスレイム侯爵令嬢のようだ。

「――お久しぶりです、リッタニア様。本日はお招きいただきありがとうございます」

いかに名ばかり公爵令嬢で嫌われ者だったキリハレーネでも、侯爵令嬢であるリッタニアとは面識がある。キリハはさも顔見知りであるように挨拶を返した。

さらにミラミニア伯爵令嬢とエノラ子爵令嬢とも挨拶を交わすと茶を勧められる。自室では胡座をかいて湯呑酒でも啜るような飲み方をしていたキリハだが、ここではちゃんと作法に則(のっと)って紅茶を嗜む。幸い、行儀作法はキリハの知っているものとさほど変わらなかったのでそのまま流用できた。

「……ほんとうに、道化を演じてらしたのね」

優雅な雰囲気を漂わせるキリハに、リッタニアが感心半分戸惑い半分といった声を出す。ミラミニアとエノラの二人も、狸(たぬき)に化かされたみたいな顔をしていた。

(……よっぽど、キリハレーネお嬢様はダメな子扱いされてたんだねぇ)

典型的な我(わ)が儘(まま)お嬢様とは聞いていたが、キリハの予想以上にダメな子であったようだ。

「それで？　わたくしをお呼びになったのは、三人の婚約者のことですね？」

「……耳もよろしいのね。以前は、周囲のことなどまったく気にしていない様子だったのに……お察しの通り、わたしたちの婚約者のことです。現在、わたしたち三人は、それぞれの婚約者から婚約破棄されかねない事態に陥っています。このまま一方的に婚約破棄などされたら、わたしたちは傷物として扱われるでしょう」

（……こういう場合女性が悪者になってしまうのは、この世界でも同じか）

代表して話し始めたリッタニアの説明を聞きながら、キリハはうんざりした気分になった。

離婚や婚約破棄などでダメージを負うのは女性の方だ。何故か、男性を捕まえておけなかった女の魅力不足という風潮は、現代でも根深いものがある。

女性に対するダブルスタンダードな考え方は、この世界でもしっかりと根を張っているようだ。

「どうしたものかと悩んでいたところ、先日のパーティでの一件を目にし、相談できるのはキリハレーネ様しかいないと――」

「その前に、訊いておきたいことがあります」

「？　何でしょうか」

「あなたたちは、何かなさりました？」

「……何か、とは？」

「婚約者に近付く女を遠ざけるような手段を一つでも講じたのか、と訊いているのですが？」

キリハの問い掛けに、三人の貴族令嬢たちは戸惑ったように顔を見合わせた。

「……それは、キリハレーネ様がユリアナになされたようなことを、という意味ですか？」

「その通りですよ、ミラミニア様」

「そんな真似はいたしません。私とエリアルドは幼馴染みです。彼にみっともない姿を見せる訳にはいきません。ましてや、武門の家柄であるクリスエア伯爵家の者が、陰湿な嫌がらせなど出来ようはずがありません」

キリハの質問に真っ先に答えたのは、燃えるような赤髪が凜々しい、宝塚な雰囲気のイケメン女子、ミラミニア・ヴィラ・クリスエア伯爵令嬢だ。

彼女の実家は優秀な騎士を輩出した家とジェラルドに説明されたが、ミラミニア自身も結構な使い手のようだ。ついでに言えば、高潔な騎士道精神も持ち合わせているようである。

『赤髪宝塚女』とキリハは心の中であだ名した。

「……わたしも、です。そもそもわたしの家は、イリウス様の父上からの援助で立ち直りました。醜態を晒して価値を貶めるわけにはいきません」

淡々とした口調で話すのは、子爵令嬢のエノラ・ヴィラ・ルタリアだ。

ルタリア子爵家は事業が傾いて負った借金を、イリウスの実家のブライド商会に肩代わりしてもらった。その対価に、エノラはイリウスと婚約することで、合法的にブライド家を貴族の仲間入りさせる政略結婚の道具になったと聞いている。

エノラは小柄で華奢な、ゆるふわな桃色ヘアーがとても可愛らしい美少女だった。だが出るところはしっかり出っ張ったトランジスタ・グラマーな体型をしている。三人のうちで、もっとも男好きする容姿をしていた。

だが、表情はどこかぼんやりとして、何を考えているのか今ひとつ読みにくい。不思議系美少女、といったところか。

この子は『桃髪不思議ちゃん』で決定だ。

「……わたしも、お二人同様です。ユニオン様のお父上である宰相閣下は、公明正大なお方です。ユニオン様も平等と正義を第一に考えられるお方。婚約者が自分の他に仲の良い女子生徒を作ったからといって、後ろめたい行為をするわけにはいきません」

最後にリッタニアが言う。メガネを掛けた優等生じみた彼女は、三人の中で学級委員長のようなまとめ役を担っているらしい。

キリハは『銀髪メガネ委員長』の言葉に、お行儀の良いお芝居を打ち切った。

鼻を鳴らして口角を吊り上げ、キリハは三人のお嬢様たちを嘲笑った。

「なぁんだ。つまらない女だねぇ、アンタたち」

そのキリハの一言に、三人の少女たちの目が見開かれた。

第十二話　女の嫉妬は見苦しいが、嫉妬できない女も見苦しい

「つまらない女だねぇ、アンタたち」

せせら嗤うキリハの言葉に、銀髪メガネ委員長（リッタニア）、赤髪宝塚女（ミラミニア）、桃髪不思議ちゃん（エノラ）が目を見開く。

彼女ら三人の中で真っ先に驚きから復帰したのは、宝塚な外見に見合って正義感の強そうなミラミニア伯爵令嬢だった。

「何を言う!?　我々を侮辱する気か!?」

「する気も何も、侮辱以外の何かに聞こえたか？　だとしたら耳の穴かっぽじって出直してきな」

「なっ、ななっ、な……」

赤髪宝塚女——ミラミニアが言葉を失う。

お嬢様である彼女は、こんなにはっきりと悪口を言われたのは初めての経験なのだろう。

「自分から何も行動を起こしていないのに、どうしようどうしようと狼狽えてる。そんなアンタらがつまらない女でなくて何なんだ？　男を奪い返そうと関心を引くでもなけりゃ、自分の男に近付く毒虫を排除しようともしない。情けなさ過ぎて欠伸が出てくるってもんだ」

「……聞き捨てなりませんわ、キリハレーネ様。わたしたちは常に自分を律して参りました。感情のままに振る舞う無様な真似を慎んできたわたしたちが、なぜそのような言葉を受けなければならないのですか？」


銀髪メガネ委員長ことリッタニアが眉を怒らせて慇懃に言い返す。

言葉の裏には、かつてキリハレーネがやっていたことを揶揄する響きがある。理知的でモラリストな彼女には、女の嫉妬なんてみっともない真似は唾棄すべき行為なのだろう。

だがもちろん、小娘の怒りなどキリハには何の痛痒も与えない。


「自分を律する模範的なお嬢様だったから、あっけなく男を奪われて捨てられかけてるんだろう？　そんな状況でイイ子ちゃんぶりを自慢しても、負け犬の遠吠えにしかなってないじゃないか」

「女の嫉妬なんて醜い姿を殿方に見せて軽蔑されるよりはマシですっ」

「確かに女の嫉妬は見苦しいな。だが、嫉妬すら出来ない女は見る価値もない」

「……どういう意味ですか？」

「ヤキモチも焼かない女から『好き』って言われて、それを信じる男がいると思うか？」

『……………』


キリハの指摘に、リッタニアたちは言葉を詰まらせた。


『いい、霧羽ちゃん？　女は優雅で上品でなきゃならないわ。けどそれと同じくらい、上手に醜くならないといけないわ』

『上手に醜く……？』

『ヤキモチも焼かない女の子に好きって言われて心の底から信じられる男がいるかしら？　何のお願いもせずニコニコしてるだけの女に不信を抱かない男がいるかしら？　エッチなことに興味はありませんて顔した女を見て、男は男としての自信を維持し続けられるかしら？　男はね、可愛らしくヤキモチを焼かれて、可愛らしくおねだりされて、可愛らしくエッチなお誘いをして欲しいものなのよ』

『それが上手に醜くなるということなのか？』

『綺麗(きれい)なものを綺麗だと思わせるのは当たり前のことよ。本当に出来る女なら、醜いものも綺麗だと演出しなきゃあ、ね？』

かつて、女のプロといっていい年齢不詳の美魔女から受けた薫陶を思い出す。

聞かされた時にはキリハもピンとこなかった。だが今、目の前の少女たちを眺めていると、あの言葉が真実だったのだと実感する。

確かに、この貴族令嬢たちは優雅で上品な、とても綺麗なお嬢様方だ。額に入れて飾っておきたいくらいだ。

だが、それだけだ。

綺麗なだけの人形だ。

そして人形は、どれだけ綺麗でもいつか飽きられて捨てられると相場が決まっている。

彼女たちと比べれば、この身体の本来の持ち主だったキリハレーネの方が百倍マシだ。

確かに、彼女はやりすぎた。嫉妬深く傲慢で、すぐに頭にきて行動を起こす考え足らずだった。伝え聞くだけでも溜め息ものの愚かな少女だ。

だが、それでも行動したのだ。

どれだけ惨めったらしく無様で最後には自滅しても、彼女は行動した。その一点だけでも、キリハがキリハレーネに好意を抱くに十分だった。

お綺麗でいたいが為に何もしない……そんな無為さが、キリハは昔っから大嫌いなのだ。

「そもそもあたしに教えを請うのに、あたしを呼び出すってのが気に入らない。協力して欲しいなら、アンタたちがあたしの元へ足を運んで頭を下げるべきだろう。違うか？」

『…………』

「アンタたちはこの期に及んでも『お綺麗なお嬢様』でいたいと思ってる。あたしなんかに頭を下げて追い詰められたなんて思われたくない。だから自分の陣地にあたしを呼び出したんだ」

『…………』

「残念だが、あたしはつまらない女を助けてやるほど暇人じゃないし、泥水を啜る覚悟もない横着者を助けてやるほどお人好しでもない。顔を洗って出直しな、小娘ども」

最後にもう一度せせら笑うと、キリハはひらりと立ち上がってその場を後にする。

三人の少女たちは、風のように……いや、嵐のように去ってゆくキリハの後ろ姿を、ただ黙って見送った。

第十三話　覚悟とは！（1）

「なんてことしてるんですか!?　彼女たちを助けてくれって言ったじゃないですか!?」

お茶会をほっぽらかしたキリハが寮に戻ると、早速ジェラルドが文句を言ってきた。

「このままじゃ内乱から大戦国時代へ一直線じゃないですか!?」

「お前、仮にも神様だろ？　戦争の一つや二つでオタオタするなよ」

「戦争なんて起きたら人口大激減、下手すりゃ石器時代からやり直しですよ!?　僕ら神は人間が繁栄して敬ってもらって力を得るんです。いまさら文明リセットから粗食で数千年耐えろなんて拷問ですよ拷問!!」

「……そこで人間のためとか世界のためとか言えれば、もちっと神様っぽさも出ただろうに」

食事と栄養の心配で騒ぎ出す、神様らしい高尚さとは無縁のジェラルド。

もっとも、本当に『人類の繁栄のため』とか『世界の安寧のため』とか言い出されたら、キリハは速攻で「知ったこっちゃねぇ」とそっぽを向いたであろうが。

「ま、やっちまったもんはしょうがない。物事なんてなるようにしかならないんだからな。あんたもあんまりうだうだ悩むな。たまには粗食も身体にいいかもしれないだろ？」

「うう……軽く言ってくれますね……」

「所詮は他人事（ひとごと）だからな。あのお嬢様たちも、そこんところが分かってない。他人が他人に助けを求めるなら、何かを差し出す以外にはない」

「……何か、とは？」

「さてね。地位か、名誉か、利益か、もしくは……指とか？」

「だから乙女ゲーの世界で指なんて要求しないでくださいって!?」

「要するに、指を詰めるくらいの分かりやすい『覚悟』が必要ってことさ。あのお嬢様たちはあたしに何も提示できなかった。だから彼女たちの事情は他人事のままだ」

「……彼女たちが婚約破棄された結果内乱が起こったら、キリハ様も困るのでは？」

「別に？　そうなったらとっととこの国を出てくだけだ。女一人の食い扶持（くぶち）くらいだったらなんとかなるだろ」

「……キリハ様のご希望である『普通の女の子らしい生活』には、平和が必要だと思うのですが……？」

「お、いいところを突いてきたね？　そういう狡っからさはけっこう好きだよ」

「で、では……」

「でもダメ。あたしはあたしの信条と信念を歪めてまで夢を見たいとは思わない。夢と意地だったら意地を選ぶ。それがあたしの生き方だ」

「…………」

「さて、それじゃ冒険者ギルドに顔を出してくるか。本当に内乱が起こるなら今のうちに稼いでおかないとね」

手早くドレスを脱ぎ捨てて冒険者風に着替えると、キリハは意気揚々と出かけて行った。

寮の部屋にぽつんと残されたジェラルドは、胃のあたりを押さえながら呻き出した。

「う、うう……僕の世界が崩れてく……」

ストレスレスな職場環境のために乙女ゲー的異世界ファンタジーを選んだことを、だんだん後悔し出すジェラルド。

どうやら世界創造という神様業の難しさを、ようやく理解しつつあるようだ。

※　※

それから数日、キリハは学園の授業を適当にこなしながら冒険者業に打ち込んだ。

同業者とひと狩りしに行って打ち上げにバーベキューしたり、指名依頼された娼館の用心棒で不埒者(ふらちもの)を叩きのめしたり。告白されたり、決闘したり、合間合間でギルドの獣人受付嬢の猫耳を愛でたりと、実に充実した日々である。

今日も今日とて肉が絶品と聞くダチョウモドキを狩ってその肉を土産に寮に戻ったキリハを、ジェラルドがそわそわしながら待ち構えていた。


「キリハ様！　ようやくお戻りに！」

「どうした？　あんたもダチョウモドキの肉を食いたいのか？」

「だ、ダチョウモドキ!?　あまりの足の速さに捕まえられる者のいないという幻の……いやいや！　それよりもお客様です！」

「お客様？」

「はい。リッタニア様をはじめとする攻略対象の婚約者三名です！　もう一時間以上も応接室で待っています！」

「……へぇ」

キリハはうっすらと笑った。

それは嘲るようなものではなく、何とも無邪気な笑みだった。

登下校の途中に知らない道を見つけた……そんな好奇心をそそられた者特有の笑みだ。


「着替えは用意してあるな？」

「着替えですか？　それはもちろん……」

「なんだ、その不思議そうな顔は？　あんた、あたしがこの格好でお嬢様たちに会うと思ってたのか？」

「ぎくっ」

「三顧の礼には足りないが、あそこまで言われたのにあっちからわざわざ足をお運びいただいたんだ。こっちもそれなりの格好をしないと、あたしの甲斐性が下がるってもんだ」

キリハはそう言うと、用意してあったドレスに着替えて薄く化粧も施す。ものの数分で、いかにもな女冒険者から完璧な貴族令嬢へ早変わりだ。

「……相変わらず変身めいてますよね、キリハ様の化粧テクニック」

「顔の骨格も変えられないんじゃまだまだだよ」

「いやいや、化粧で骨格は変えられないでしょう」

「そう思うんならそうなんだろう。お前の中ではな」


応接室に入ると、リッタニア、ミラミニア、エノラの三人が神妙な面持ちで待っていた。

「——突然失礼して申し訳ありません、キリハレーネ様」


銀髪メガネ委員長——リッタニアが口を開くと、他の二人も挨拶をする。

声は硬いが、敵意は見られない。

そのことに面白さを感じながら、キリハはリッタニアに問い掛けた。


「あれほど言われたのに、よくもまぁ、あたしを訪ねてくる気になったね？」

「キリハレーネ様は『出直してこい』と仰いました。ならばこそ、こうして罷(まか)り越(こ)した次第です」

「へぇ？」

微笑んでいたキリハだが、その笑みが一層深まった。

あのまま泣き寝入りしたら、それこそキリハは彼女たちへの興味を一切失っていただろう。

だが、彼女たちはこうしてリベンジにやってきた。

キリハは気概のある者が好きだ。


「どうやら、お綺麗なお嬢様の仮面の下がようやく見られそうだね。それで？　あんたたちはあたしに何を訴えたいんだ？」

「……キリハレーネ様の言うことはもっともだと思います。わたしたちは清く正しい淑女として過ごしてきました。殿方を立て、夫を支える、理想の妻となるべく過ごしてきました。しかし……ええ、しかしながら『女』としての戦いで、わたしたちはあのユリアナという女に負けた。それは変えようのない事実なのでしょう……」

リッタニアの言葉に、ミラミニアとエノラが小さく頷く。リッタニアの話すことは、彼女たち三人で何度も語り合った結論なのだろう。

「……ですが、それで納得できるわけありません。たとえ政略結婚でも、わたしはずっとユニオン様の婚約者として恥ずかしくないよう努力してきました。頭脳明晰(ずのうめいせき)な彼について行くために頑張って勉強しました。彼が責任ある立場になった時にサポートできるよう、法律を学び、他国の歴史を学び、魔法だってたくさん学んできました。婚約破棄されれば、その長年の努力はまったくの無駄になってしまいます。そんなこと、許せるわけがありません。わたしの努力を顧みないユニオン様を……」

「まだ、婚約者に様を付けるのかい？」

「……ええ、そうですね。もう、努力家の優等生の仮面を付ける必要はありませんね」

リッタニアはそう自嘲しながらメガネを外すと、その整った顔を怒りで赤く染めた。

「あの偉ぶったクソ野郎！　わたしがどれだけ努力したと思っているのよ！　目を悪くするくらい勉強したのが誰のためだと思ってるのよ！　なのに婚約破棄ですって⁉　だったらわたしの十年を返せ！　わたしの人生を返せ！　あんたなんかのために犠牲にしてきたわたしの人生を返しなさいよ！　似合わないメガネ掛けさせられた視力を返しなさいよクソ野郎！」

「ふぅん？　それがあんたの本音なわけだね、リッタニア・ヴィラ・アールスエイム侯爵令嬢？」

「ええ。これがわたしの本音です。あの知性派を気取るクズ男には愛想が尽きました。黙って婚約破棄を受け入れて傷物にされてたまるものですか。わたしのこれまでの人生を侮辱した、あのクソ男に思い知らせてやりたい。思い知らせてやらないと気が済みません」

「それで？　あたしがあんたの本懐を遂げてやったら、あんたはあたしに何をくれるんだ？」

「わたしの知識を、侯爵令嬢として培ってきたすべてを、あなたに捧げます。これでも、わたしはそこそこの秀才だと思っていますわ」

「ああ、それは知ってる。ウチの執事が『リッタニア侯爵令嬢は天才だ』って言ってたからね」

「何なら、魔法の契約で縛ってもらっても結構です。ですが、もしわたしが堕ちる時には、あなたも一緒に堕ちてもらいますよ？」


破滅する時には道連れにする。

銀髪メガネ委員長の仮面を脱ぎ捨て、据わった目付きで恫喝してくるリッタニアを、キリハは楽しそうに、嬉しそうに見つめ返した。

いまのリッタニアは、実に人間臭い顔をしている。

そうだ。人形を助ける気なんてさらさらない。

人助けして欲しいなら、人間臭いところを見せてくれなければ。

「いいねぇ。実にいい脅迫者の顔だねぇ。そういう覚悟を見せて欲しかったんだよ」

覚悟とは、自分を賭け金にして勝負することだ。
自らの破滅をベットしたリッタニアに、キリハは拍手してやりたい気分だった。

第十四話　覚悟とは！（2）

「……わたしは、婚約破棄は望むところ。でも、相手の言いなりになるなんて、もうイヤ」

リッタニアに続き話し出したのはエノラだった。

どこかぼんやりとして何を考えているのかいまひとつ摑めなかった桃髪不思議ちゃんは、その瞳にゆらりと激情を灯(とも)していた。

「……ずっと、ずっとわたしは道具だった。ブライド商会が貴族に仲間入りするための道具。傾いた家を建て直すために、お父様とお母様はわたしを売った。援助を打ち切られないように、大人しくしてるように言われた。したいことは、何ひとつさせてもらえなかった……」

どうやら、エノラのぼんやりとした雰囲気は諦めからくるものだったようだ。

幼い頃から金で売られたと、見栄えの良い道具であれと言われれば、何も考えないようにして諦めるしかなかったのだろう。

……だが、すべてを諦めて生きるには、エノラはまだ若すぎる。

「我慢して我慢して、何もかも諦めて、その挙げ句が婚約破棄？　置物のように静かにしていれば八方丸く収まると言われてきたのに、その結果がこれ？　わたしだって、もっと遊びたかった。もっと駆け回って、もっと木登りして、もっと馬鹿なことをしたかった。もう、我慢なんてしたくない……！」

これまで我慢して押し込めてきたものが、一気に噴出しているのだろう。

エノラは小柄な身体をぶるぶると震わせ、大きな瞳を怒りでギラギラさせて睨み付けるようにキリハを見返した。

「……イリウスは、わたしのことを厭っていた。金で買った婚約者だって嫌ってた。けど、わたしだって好きで婚約者になったワケじゃない……なのに捨てる時は、まるで用済みの屑紙（くずかみ）でも捨てるようにあっさり捨てようとしてる。わたしを道具扱いしてた奴ら、全部を見返してやりたい……！　捨てられる時まで道具扱いなんて、我慢できない……！」

「あたしがあんたに協力して、連中に思い知らせてやったとして、だ。あんたはあたしに何を差し出せる？　言っちゃなんだが、あんたが差し出せるものなんてほとんど無いだろ？」

突き放すような物言いだが、キリハの顔はワクワクしたように輝いている。

エノラが何を提示してくるのか、その覚悟の程を知りたがっているのだ。


「……自分で言うのも何だけど、わたし、けっこういいカラダをしていると思う」


エノラは、体格の割に発達した胸に手を置いて言った。

確かに、エノラは小柄で華奢で、抱き寄せるのにちょうどよい大きさをしている。その割に、胸や尻はしっかりと女らしい柔らかさを主張している。

実に男好きする魅力的なカラダの持ち主であった。


「イリウスとその実家をこてんぱんにしてくれたら、わたしはこの身体をあなたにあげる。あなたは、わたしを自由に使えばいい」

「へぇ？　道具はもうイヤだって言っておいて、あたしの道具になるって言うのかい？　身体で払うってのは、娼館送りにされたって文句を言えないんだぞ？」

「誰かに売り買いされるんじゃない。わたしがわたしを売る。わたしが、わたしの意思で選ぶ」

「……なるほどねぇ。それがあんたの意地か」

「そう。もしなんだったら、あなたがわたしを抱いてくれてもいい」

挑発するように言ったエノラに、キリハは腹を抱えて笑い出した。

「あはははっ……言うにことかいて、あたしに『抱け』とは！」

「……もし了承しないなら、わたしは今すぐ第一王子を刺しにいく。捕まったら、あなたに言われて王子を殺したって言う」

「はははははっ！　あたしの道具になったと騙ってあたしを破滅させる気か！　いいねぇ、実にいい！　実にいい脅し文句だ!!」

キリハは愉快痛快の極みとばかりに笑い転げた。

かつてキリハに、自分の体を対価に取り引きを申し出た者は何人もいた。肝臓でも心臓でもくれてやる。その代わりに宿願を果たしてくれ、と。

だがそんな中でもエノラは傑作だ。

キリハに「自分を抱け」などと言ってきたのは彼女が初めてである。

「ふふっ……確かにあんたはいい抱き枕になりそうだ」

キリハは満足した顔でエノラを見る。

これだけ笑わしてくれたのだ。それだけでも彼女を助けてやろうという気になってくる。

「そんで？　残ったあんたはどうしたいんだい？」

「…………」

一人黙っていたミラミニアに話を振る。

前回のお茶会時とは違って、今日の彼女は男装をしていた。そうしていると、ますます宝塚系の凛々しい美人さんだ。

しかし、思いつめた顔で黙り込んでいる。

凛々しいだけに、思いつめた顔はどこかカミソリめいた危うさを感じさせた。

「……私は、エリアルドに婚約破棄なんてされたくない。ずっと小さい時から一緒だった。彼が騎士とは無縁の道に進んだから、彼の代わりに私が騎士になろうと思った。ずっと彼と一緒にいることが当たり前だったのに、いまさら彼と別れるなんて考えられない……」

「でもあっちはもうあんたにキョーミがなさそうだけど？　ユリアナ様にゾッコンだ」

「ええ。出来ることならあのクソビッチを今すぐぶっ殺してやりたいわ。けどもうエリアルドの心は私から離れてしまった。あのクソビッチをぶっ殺しても、彼の心を取り戻すことなんて出来ないのでしょうね」

「だろうねぇ」

「だったら……だったら、もう、心はいらない。身体だけあればいいわ」

「…………はい？」

「彼が私を嫌おうと、罵ろうと構わない。最終的に私の下にいるのなら、もう心なんてどうでもいいわ」

「…………」


さすがに、キリハも絶句してしまった。

この赤髪宝塚女、耽美（たんび）系な外面しといて繰り出してくるのがラ○ウ理論である。ここは乙女ゲーじゃなくて世紀末な世界だったのだろうか？

リッタニアとエノラも、友人から漏れ出した毒気に引いていた。


「……彼を私の所有物（モノ）に出来るなら、どんな対価も差し出してみせるわ。悪魔とだって契約してみせる」

「あ、うん、もうすでに悪魔と契約済ましてる気がするが……」

「私に協力して下さい、キリハレーネ・ヴィラ・グランディア。私がエリアルドを手に入れることが出来た暁には、我が家の宝剣でも聖剣でもなんでも差し上げましょう。我が家の蔵から好きなものを好きなだけ持っていきなさい」

「……前半がメチャクチャだったせいで、後半のメチャクチャが全然普通に聞こえるねぇ」

赤髪宝塚女の謎の気迫に見入っていたキリハだが、彼女が提示した対価を聞くと思わず苦笑した。

詰まるところ、男一匹を手に入れる為に実家の一切合切売っぱらうと言っているのだ、この娘は。

「あたしの予想を超えて強欲だねぇ……無理やりってのはあたしの流儀じゃないが、そこまで本音で語られて断るわけにもいかないかねぇ」

断ったら後が怖そうだし。

キリハは心の中でひとりごちる。

「分かった。それじゃああんたたちの婚約者に、一発きついのをカマしてやるとしようか」

彼女たちに付き合えば、いろいろと楽しませてくれそうだ。

覚悟を決めた少女たちに、キリハはにやりと笑い掛けた。

……その一方。

ドアに耳をくっつけて部屋の中の話を聞いていたジェラルドは、両手を床に突いてがっくり項垂れていた。

「う、うう……なんで？　なんで乙女ゲーの清く正しく美しいはずの令嬢たちがあんなことになってるの？　僕はいったい、何を間違えたんだ……？」

自分の予想だにしないキャラクター性を見せ付けられ、この世界の管理者はさめざめと咽び泣くのだった。

第十五話　異世界式M&A

アルフレッド第一王子の学友であるイリウス・ブライドの実家であるブライド商会は、イリウスの祖父が一代で立ち上げ大きくした大商会である。

たった一代でヴィラルド王国の政商の一角にまで上り詰めたイリウスの祖父は、商人たちの間では伝説として語られている。

現在、ブライド商会を率いるのはその伝説の商人の息子であり、イリウスの父であるマリウス・ブライドだった。

「……イリウスの奴め。婚約者が気に入らないと言っていたが、まさか婚約破棄しようとするとはな」

部下が調べた息子の近況報告を読み、マリウスは忌々しげに舌打ちした。

「……奴を呼び出して叱り付けねばなるまい。ブライド商会をさらに大きくする為にはあの娘が必要なのだからな……ああ、そうとも。ブライド商会はもっと大きく、もっと強くならねばならない。誰もが儂を恐れるほど大きく強く……！」

ブライド商会の代表になってから、マリウスは常にコンプレックスに苛まれていた。

伝説的商人の息子として、マリウスは勉強もしたし苦労もした。大きな取引も成功させている。だが何をやっても、『ブライド商会の規模を考えれば当然の結果』、『先代の威光があれば楽なものだろう』と言われてしまう。

常に付いて回る偉大な父の影を払拭するには、誰もが認めざるを得ない結果を出さねばならなかった。

子爵令嬢のエノラと息子のイリウスを婚約させたのはその第一歩だ。爵位を手に入れて貴族たちの権益に深く食い込むのもあるが、重要なのはルタリア子爵家の領地だ。密かに調べたところ、あの領地には未発見の鉱山が多く眠っている。

「大規模に掘り出せばひと財産なのに、田舎貴族のジジイめ。何が『領民が愛する山の恵みと綺麗な川には代えられない』だ。無欲な貴族など、虫酸が走るわ」

だから先代のルタリア子爵が亡くなると、マリウスは密かに手を回してルタリア家を追い詰めた。そして援助をチラつかせてエノラの父に接近し、あの家に楔を打ち込むことに成功した。

「イリウスがルタリア子爵家の婿養子になればこっちのものだ。山を切り開き川沿いに巨大な精錬所を建設する。ブライド商会がルタリア子爵領を手に入れるのだ」

ルタリア子爵領を開発して流通を握れば、もはやブライド商会に逆らえる商会など存在しなくなる。貴族も、国ですら一定の配慮をせねばならない存在になるだろう。

その時こそ、マリウスは偉大な父を超えたことになるのだ。


「もう少しだ。もう少しで……ん？」

執務室のドアがノックされ、マリウスは思考の海から復帰した。入室の許可を出すと、商会の番頭が慌てた顔で飛び込んできた。

「だ、旦那様！　いまお客様が武器売り場で『責任者を出せ！』と大声で叫んでいます！」

「それくらい貴様たちで対処しろ。用心棒の連中だっているだろうが」

「そ、それが……いま売り場で居座っているのはA級冒険者でして……力ずくで追い出すには……」

「A級冒険者だと？　ちっ、面倒な……分かった、儂が言い聞かせよう」

マリウスは不機嫌顔に営業用のスマイルを貼り付けて売り場へ向かった。

ブライド商会は総合商店であるが、一番の主力は武器関係だ。それも質の良い高級武器を扱っている。

売り場には、筋骨逞しい男がどっかと居座っており、やってきたマリウスをじろりと睨んだ。

「お前が責任者か？」

「はい、商会長のマリウスでございます。本日はいったい何の御用でしょう？」

「御用、だぁ？　そんなのはこれを見てから言いやがれ！　昨日買ったばかりの大剣にヒビが入ってやがる！　アーマーモールを斬りつけても負けない頑丈さが売りだからお買い得と一〇〇万エラも出したんだぞ！　なのにいざ斬りつけたらこの有様だ！　いったいどうなってやがる!?」

「それはそれは……では今すぐ同じ品を用意します。お代は結構ですので――」

「ふざけてんのか!?　俺たち冒険者は常に命を賭けてるんだ！　下手すりゃこうして文句を言うことも出来なかったんだぞ!?　ウリ文句が当てにならない武器を売りつけたってのはな、俺を殺そうとしたのと同じだって言ってるんだよ！」

「……では、どうしろと？」

「どうしろだと？　詫びを入れろよ詫びを！　俺に頭を下げて不良品を掴ませた謝罪文を出してもらおうじゃねぇか！」


学のない野蛮人が賢しいことを、とマリウスは内心で舌打ちした。

頭などいくらでも下げられるが、謝罪文などそうそう出せるものではない。商人にとって評判は何よりも重要だ。謝罪文など出して自ら評判を落とせるわけがない。

ましてや、いまはブライド商会にとって重要なタイミングなのだ。


「失礼ですが、その剣は本当に戦闘中に破損したものですか？」

「あぁ？」

「我々から金を取るために、態と傷つけたのでは？」

「……へぇ？　俺がはした金のために乗り込んできたと、そう言うわけか」

「そうは申しておりません。わたくしたちも責任を感じておりますので、しっかりとした代えの品を用意させていただきますので――」

「舐めるな！　詫びを入れればそれで済ませたのに謝罪一つ出来ねぇとはな！　こんな店でも

う買い物なんてしてられるか！　二度とてめぇのとこの武器なんて使わねぇ！」

冒険者の男はヒビの入った大剣を放り捨て、肩を怒らせ荒い足取りで去っていった。

「……ふん。野蛮人め」

「旦那様、よろしかったのですか……？」

「A級冒険者の一人が去ったくらいで落ちる評判などたかが知れている。謝罪文を出すより安上がりだ」

つまらないことに時間をかけたと、マリウスはすぐにこの騒ぎを忘れようとした。

……が、そうはならなかった。

次の日から、多くの冒険者がブライド商会に怒鳴り込んでくるようになった。

やれ弓の弦が簡単に切れた、やれ槍の柄が曲がった、やれ杖のスペックがカタログ以下だ、などなど。

一つ一つは大したことがなくても、それが続けて目撃されれば不信感を抱かれる。

ブライド商会の武器はだんだんと売り上げを落とし、あまつさえ返品さえされるようになった。

「旦那様、今はまだ大したことありませんが、これ以上続けば無視できない損失に……」

「戦うことしか脳のない野蛮人どもが！　誰のおかげで戦えると思っているのだ！」

腸が煮えくり返る思いであったが、マリウスは正式にブライド商会としての謝罪文を出した。その上でまた文句をつけてくるなら全面闘争だと憤っていたが、謝罪文を出したら冒険者たちの文句はあっさりと消えてしまった。

「……ほんとうに謝罪文が欲しいだけだったのか？」

肩透かしを食らったマリウスだが、この騒動の本当の目的は数日後に判明した。

国が推める大口事業の入札。勝利間違いなしの金額で臨んだマリウスであったが、入札はブライド商会より幾分格の落ちる商会が勝利してしまった。それもたった数百エラ、子供の小遣い程度の金額の差で。

「誰かが情報を漏らしたな……あの騒動は裏切り者が儂の目を誤魔化すために仕掛けおったか！」

そう悟ったマリウスは、入札に関わった部下たちを調べて裏切り者を炙り出そうとしたが……彼が内側に目を向けたタイミングで、本命の攻撃が外からやってきた。

ブライド商会と鎬を削り合う大商会が、一斉に買収攻勢を開始した。

冒険者たちの騒ぎも、入札の失敗も、すべてはこのための目眩ましでしかなかったのだ。

抗おうとしたマリウスだったが、各商会はブライド商会の各部門の弱点や資金繰りの情報を熟知していた。下請けの一次産業、二次産業の者たちは次々に離反し、ブライド商会はあっという間に蚕食された。

「この裏切り者どもめ！」

もはや国の政策に関わる政商としての力を失ったブライド商会の幹部会で、マリウスは絶叫した。

幹部たちのほとんどがマリウスに反旗を翻した裏切り者だった。各商会がブライド商会の各部門をスムーズに取り込めたのは、内部協力者が情報を流していたからに他ならなかった。

「……我々はもう、あなたには付いて行けません。マリウス様……あなたはもはや儲けること、大きくなることしか考えていない」

「それのどこが悪い！　儲けて大きくなるのは商人の基本だろうが！」

父の代からブライド商会を支えてきた古参の幹部を、マリウスは罵倒する。

古参の幹部は、怒り狂うマリウスを見て、ゆるゆると首を振った。

「儲けて大きくなる……それが商人です。しかし商人は同時に、自分の部下を、部下の家族を守らねばなりません。会社を栄えさせるのは、そこに所属する者たちを守るためです。そうではありませんか？」

「…………」

「先代は、我々部下を家族として大切にしてくれました。だからこそ、我々もあの方を父のように尊敬して盛り立ててきたのです。しかしあなたは、我々を道具としてしか見ていない。そして使えない道具はすぐに捨てようとなさる……」

マリウスの代になって、ブライド商会はリストラに遠慮しなくなった。儲けの伸び悩む部門への資金投入を渋り、赤字になれば容赦なく切り捨てた。

「そしてあなたは、ご自分の息子でさえ道具となさった。本当の家族すら道具として扱う者に、どうして安心して付いて行けるでしょうか？　自分を道具としてしか見ていない者に、どうして誠心誠意尽くすことが出来ますか？」

「……だから裏切ったというのか？」

「裏切ったのではありません。付いて行けないと申しております。我々を受け入れてくれた各商会は大規模なリストラはしないと契約してくれております。あなたが我々を守ってくれないのなら、我々が部下たちを守らねばなりません」

「貴様らぁ……！」

「先代への御恩があります。ブライド商会を潰すのは我々も本意ではありません。あとはあなたの心がけ次第……真に部下を思いやる姿勢を見せれば、また挽回する機会もあるでしょう」

「儂に説教をする気か⁉　たかが道具の分際で！」

「……長らくお世話になりました」

落胆顔をして、幹部たちはぞろぞろとブライド商会を去っていった。

誰もいなくなった部屋で、マリウスはぶつぶつと呟き続けた。

「……大きくするんだ……ブライド商会を大きく……そうすればとうさんだってぼくを認めてくれル……とうさんにまけない商人になるんだ……」

※　※　※

「面倒をかけたね」

「姫姐さんの頼みだ。どってことないさ。それにブライド商会にムカついてたのも事実だからな。最近は殿様商売でぼったくるように武器を売ってやがった」

「骨を折ってもらった礼はちゃんと弾むよ。あんたたちの意中の娘たちに声を掛けておいたよ」

「そ、そうか？　それじゃあオレたちはこのへんで……」


キリハの労いに、冒険者たちは応接室から足早に出ていった。

冒険者たちが出ていくのと入れ替わりに、扇情的なドレス姿の女性が応接室に入ってきた。

彼女はこの応接室を貸してくれている娼館で、娼婦たちの纏め役をしている女性だった。

「あの男たち、ずいぶん足取りが軽かったけど、上手くいったの？」

「ああ。全部上手くいったよ」

彼らは、ブライド商会にイチャモン付けに乗り込んだ冒険者たちである。

適当なイチャモンを付けて、ブライド商会の代表を苛つかせてくれ……そんな依頼をしたキリハに、彼らが代価に頼んだのは、

「気になる娘がいるんだけど、仲立ちしてくれないか？」

という、小心な男子みたいな告白の代行だった。怖いもの知らずの冒険者も、告白することがなかなか出来ない者は多いらしい。

幸い、キリハが仲立ちした娘たちは、相手の冒険者たちを憎からず思っていた。きっと今頃、いつも以上に熱い夜を過ごしているに違いない。

大金を用意していた者もいるので、このますぐ身請けの話になる者もいるだろう。

「しかし驚いたわ……あのブライド商会を潰してしまうなんて……」

「潰しちゃいないよ。弱らせただけさ。貴族の家に婿養子なんて入れないくらいの規模に、ね」

ブライド商会の一連の没落の絵図を描いたのはキリハだ。

前世のキリハは、昭和のフィクサーと呼ばれるような老人たちに気に入られ、彼らの手練手管を茶飲み話に伝授されていた。総会屋やインサイダー取引のノウハウはたっぷりと蓄積されている。

公正取引委員会など存在しない世界ならやりたい放題だ。

「でも、プライド商会といったら、結束の強さで評判だったのだけど……」

「だから、だよ。結束が強く義理堅いからこそ、義理と人情を欠いたトップに愛想が尽きたんだ。少なくとも義理と人情があると思わせることも出来なけりゃ、誰も安心できないさ」

『いいか、霧羽嬢ちゃん。内通者を作るなら、義理堅い男を選べ。金に汚い男は選ぶな』

『逆じゃないのか、御前様？』

『金に汚い男は抱え込んでも頭を悩ますだけじゃ。裏切られる前提の短期雇用ならありじゃがな。だが水面下でじっくり根回しする時には、内通者にも一定の信頼が要る』

『でも、義理堅いんならそもそも裏切らないんじゃないのか？』

『裏切らせるのではない。見限らせるのじゃ。義理堅い男は上司にも義理堅さを求める。狙いを付けた企業に先ずすることは、トップの悪評を広めることよ。金儲けしか頭にない輩がトップなら濡れ手に粟じゃな。上が義理と人情を欠いた俗物なら、義理堅い男はあっさりと見限るものよ』

　嬢ちゃんも気を付けろよと忠告してくれた老人を思い出す。

　彼に教えられたテクニックには何度も助けられたが、異世界でも依然として有用だ。

「ところでエノラは役に立ってるかい？」

「ええ。みんな熱心に彼女から学んでいるわ」


ブライド商会からの援助がなくなるだろうエノラに、キリハはアルバイトを紹介した。娼館の娘たちに貴族子女が受ける令嬢教育を伝授して欲しい、と。

礼儀作法や知識を身に着ければ、娼婦たちの価値は高くなる。娼館側も高額を提示できるし、娘たちも自分を買い戻す金を得られる。エノラは結構なバイト代をもらえてwin-winな関係である。

自分を道具だと卑下していたエノラだが、それだけみっちりと令嬢教育を受けてきたということでもある。教師としてとても優秀であった。


「貴族の娘さんがこんなところに来て大丈夫かしらと思ったけれど、意外にすんなり溶け込んでるわ。若い子たちも彼女を可愛い可愛いって気に入ってるし」

「貴族令嬢だからって偉ぶる余裕もなかったから、いい意味で自己評価が低いからね。けど可愛がるのはいいが、ちゃんと夜には返してくれよ？　あの子はあたしの抱き枕なんだから」

「……ふふっ。キリハちゃんは本当に不思議な娘ね。あの子を抱き枕にするために、この国有数の大商会をぶっ潰しちゃったの？」

「ただの抱き枕じゃない。最高級抱き枕だから、さ」

キリハは嘯(うそぶ)くとニヤリと笑った。

第十六話　この作品の登場人物は全員十八歳以上です（ウソつけ！）

ヴィラルド王国の建国王には常に彼を守る二人の騎士がいた。その二人の騎士『右剣のクリスエア』と『左剣のローレル』の子孫は建国以来続く武門の家柄として名高い。
ローレル伯爵家とクリスエア伯爵家の間柄も、初代当主以来とても良好である。同じ年頃の男女が互いの家に生まれれば、婚約を交わすのは当然の成り行きといえた。

「エリアルドめ……ミラミニア嬢との婚約を破棄したいなどと何をバカなことを言い出すのだ……」

息子からの手紙を読み、ローレル家の当代当主アーノルド・ヴィル・ローレルは額に手をやり頭痛を堪えた。
彼の息子エリアルドは、武門の家柄であるローレル家では異端と言える。剣の腕は壊滅的で、およそ精神も戦いには向いていない。おまけに母親の影響で、芸術家になると言い出した。
アーノルドの妻は、芸術家のパトロンとして有名で、何人もの若い芸術家の卵を見出(みいだ)してきた。アーノルドは妻の活動には煩いことは言わなかった。ローレル家は武門の家柄だが、芸術にも造詣が深いと思われるのは利がある。妻がそれを担当してくれるなら何の問題もない。だが跡継ぎの息子が、剣よりも絵筆にのめり込むのはいただけなかった。あくまでローレル家は伝統ある武門の家柄なのだ。

エリアルドに兄弟がいるのなら、アーノルドも彼の才能を褒め称えてバックアップを惜しまなかったろう。だが、ローレル家の男子はエリアルドしかいない。望む望まないにかかわらず、彼が当主になってもらわねば困るのだ。

アーノルドはエリアルドを鍛えた。傍から見たら虐待に見えたかもしれないが、彼だって好き好んで息子を打ち据えたわけではない。

伝統を蔑ろにした貴族は肩身の狭い思いをする。ましてやエリアルドは嫡男だ。彼の将来のためを思ってアーノルドは息子を厳しく育てたのだが、エリアルドは余計に武芸を厭うようになって絵筆に耽溺してしまった。

この息子が当主になったらローレル家はどうなってしまうのか……アーノルドは暗澹たる思いを抱えていたが、エリアルドの婚約者であるミラミニアが「エリアルドの代わりに私が騎士になります！」と言ってくれた。

ミラミニアは宣言通り騎士になるべく鍛錬し、『右剣のクリスエア』の名に恥じない才能を示している。

彼女が嫁に来てくれればローレル家は安泰だと安心していたのに……。

「ミラミニア嬢が我が家の希望だというのにエリアルドめ……愛を証明するために婚約破棄だと!? 家を潰すつもりか、あのたわけがっ！」

ぐしゃりと手紙を握り潰してアーノルドは吠える。

そうそうに呼び出して鉄拳制裁を……彼がそう決心した時、書斎のドアが慌ただしくノックされた。

入室の許可を出すと、ローレル家の執事が慌てた様子で飛び込んでくる。

「だ、旦那様！ ミラミニア様が突然やってきて旦那様にお会いしたいと！」

「何だと!?」

こちらが動く前に動かれてしまったか。

アーノルドは忸怩たる思いを抱えて応接室へ向かった。

応接室には、男装姿のミラミニアがお茶を飲みながら待っていた。

「ご無沙汰しております、義父上」

「……久しぶりだな、ミラミニア嬢」

にこやかに笑うミラミニアに、アーノルドは若干気圧(けお)されるものを感じた。

覚悟を決めた者特有の気迫を感じる。

いったい何の覚悟を決めてきたというのか……？


「……それで、今日は急に来て何の用かな？」

「まぁ、義父上ったら。しらばっくれなくてもよろしいじゃないですか？　エリアルドが私との婚約を破棄したいと思っていることはとっくにご存知でしょう？」

「…………」


にこにこ。にこにこ。

笑顔が怖い。

この笑顔は友好的な笑顔じゃない。末期(まつご)の人間に向ける哀れみの笑みだ。

「ま、待ってくれミラミニア嬢！　エリアルドの馬鹿にはわたしが言い聞かせる！　君との婚約破棄などあり得ない！」

「ええ、あり得ません。エリアルドと別れるなんて」

「そうだろう、そうだろう……え？」

「私が怒り狂って乗り込んできたと思いましたか？　いえいえ、私は冷静です。騎士を目指す者として、いつでも冷静でいなければ」

「そ、そうだな……」


にこにこ。にこにこ。

笑顔だ。この笑顔が冷静な者の笑顔なのか？

いや、絶対に違う。

これは行き着くところまで行き着いて『笑うしかなくなった』者の笑みだ……！


「ですが、もうこうなっては私がローレル家に入ることは出来ませんね」

「……それは、どういう意味だ……？」

「私がエリアルドのものになるのではなく、エリアルドが私のものになるしかないということです。エリアルドはクリスエア家の当主である私の婿になってもらいます」

「なっ……！」

「ローレル家の当主なんて立場にしたら、またぞろクソビッチに誑かされかねませんからね。エリアルドは私が管理します」

「い、いやいや待て！　クリスエア家は君の従兄弟が養子になって継ぐはずだったろう!?　ローレル家を継げる男子はエリアルドしかいないのだ！」

「その従兄弟にローレル家の跡継ぎになってもらえばいいじゃないですか。クリスエア家とローレル家は何度も婚姻関係を結んでいます。従兄弟にもローレル家の血は受け継がれていますよ？」

「だ、だがそれではローレル家はクリスエア家に乗っ取られたも同然ではないか!?　そんなことは認められん！」

「認めるしかないと思いますよ？　こちらの資料を見ていただければ」


にこにこにこ。

ミラミニアは笑顔のまま、傍らに置いていた封筒をアーノルドへ差し出した。

おっかなびっくり封筒を受け取っておずおず中身を確かめると、アーノルドの顔色が瞬く間に青くなっていく。

「なっ、こっ、これは……！」

「ええ。その資料に書かれている通り、あなたの奥様はパトロンとなっている美術家と不適切な関係を持っています。それも、まだ未成年の少年と」

貴族の爛(ただ)れた生活など当たり前のように思えるが、管理者(ジェラルド)が『乙女ゲー』を基に創造したというだけあって、この世界の倫理観は本物の中世とは比べ物にならないほど発達している。

特に未成年との性交渉など言語道断だ。某企業のレーティング並みの厳しさである。

当主の妻が不倫、それも成人していない青少年と……こんなことが明るみになったらお取り潰しは間違いない。

これまで受け継いできた武門の誉れも伝統も、汚辱に塗れて地に落ちる。

「あ、あ、あのアバズレ！　なんてことを！」

「私の言いたいことはもうお判りですよね、義父上？」

にこにこにこにこ。

ミラミニアの笑顔はまったく揺るがない。

もしアーノルドが返事を間違えれば、彼女は笑顔のまま、ローレル家を容赦なく叩き潰すだろう。


「…………君の好きにしてくれ……」

「判ってもらえて良かったですわ、義父上」


にこにこにこにこ。

もう、笑顔がトラウマになりそうだ。

きっとこれから、誰かの笑顔を見る度に、彼女の笑いがフラッシュバックするのだろう。

ミラミニアがにこにこ笑う間、アーノルドはガタガタと恐怖に震えていた。

※　※　※

「んー、やっぱり良い抱き枕だねぇ」

「……おっぱいの形が歪む」

「あたしの頭乗っけたくらいで変になるようなおっぱいじゃないよ、コレは。ほれ、こんなに張りがあるじゃあないか」

「ん、んんっ……それより、ミラミニアに渡した資料は、どうやって調べた……？」

「ああ、あれ？　冒険者ギルドのギルドマスターにもらった。あのヒゲオヤジには貸しがあるからね。貴族に対抗するためには武力よりも情報だからといろいろ溜め込んでたよ」

「……ミラミニア、上手くいっている……？」

「大丈夫だろ。というか、あたしが手を貸す必要があったのか？　あの似非宝塚女、一人でどうにでも出来たと思うんだが……？」

「……宝塚はよく分からないけど、これまでのミラミニアはあんな風じゃなかった。真面目で努力家で、卑怯な真似を嫌ってた。脅迫とか乗っ取りなんて出来るような娘じゃなかった」

「あー……発破をかけ過ぎたかな？　まぁ、男を一匹飼うだけであの強い女が大人しくなるんなら是非もない。ああいうのが暴走すると怖いからね」

「……笑顔が怖かった」

「般若の顔だったねぇ……おお、怖っ。怖いから、温もりがあると安心するねぇ」

「んっ……あ……」

「ああ～……ほんとに良い抱き枕だねぇ……」

　低反発素材なんて相手にならない柔らかなカラダを枕にして、キリハはぐっすりと寝入るのであった。

第十七話　レッツ・パーリー！

「……メチャクチャだ……」


がっくりと床に両手を突きうなだれるジェラルド。

自室のソファに寝そべってそれを眺めながら、キリハはむしろ感心したような顔をした。


「よくもまぁそんな頻繁に落ち込めるもんだねぇ。人生辛くならないかい？」

「誰のせいですか誰の!?　そりゃ、あの三人を助けてやって下さいって言ったのは僕ですよ!?　けど婚約破棄を有耶無耶にするために相手の実家をぶっ潰すとかやりすぎでしょぉおおっ!?」

「あんた、あたしが攻略対象とやらの目を覚まさせてくれるとでも思ってたのか？」

「普通そうなるでしょ!?　色恋沙汰なんだから、当人たちの目を覚まさせてやろうって普通は考えるでしょ!?　ユリアナの甘言で駄目っぽくなってますけど、彼らは優秀な人材なんです！　婚約者との仲を仲裁すれば――」

「そりゃ無理だ」

気軽で淡々とした響きだったが、そのキリハの一言はジェラルドに言葉を飲み込ませるだけの説得力があった。

「一度女に溺れた男は、溺れさせてくれる女にしか興味がなくなる。彼女たちは男を溺れさせてやれるような女じゃない。彼女たちの立場を守るなら、相手の立場をぶっ潰す以外に方法はないね」

「……本当なら、攻略対象たちはヒロインの助言で実家への劣等感を乗り越えるはずだったのに……」

「そのヒロインの所為(せい)で、あたしがこうやって上手くもないフォローをしてやってるんじゃないか」

「……ものすごく手際が良かったように見えましたけど」

「ここまではな。問題は最後に残った、リッタニアの婚約者のユニオンって奴だな」

キリハは腕を組んで困り顔で唸(うな)った。

「ユニオンって奴の実家……正確には父親のクレセント侯爵か。一国の宰相をやっていると言うだけあって隙がない」

「グラード・ヴィル・クレセント侯爵は公明正大な人物として有名ですからね。パトリック王からも信頼されている『国王の右腕』と呼ばれる名宰相です」

「公明正大なだけの男が国を動かせるワケがない。むしろ公明正大と周囲に思わせるほどに情報操作が得意ってことだ。下手に動くとこっちが足を掬われかねん」

「……とりあえず乗っ取ったり没落させたりするのは止めません？」

「そうだな。ここは方針を変えなきゃならんだろう」


キリハの言葉に、ジェラルドはほっと息を吐く。


「裏から脅すんじゃなく、真正面から脅していくしかないね」

「結局ダーティな手段じゃねぇかよ！」


ジェラルドのキャラがだんだん壊れてきた。

まぁ、それも無理からぬ事だろう。

時間をかけて用意してきたフラグやイベントツリーが音を立てて崩壊してゆくのだ。

一端(いっぱし)の創作者なら精神崩壊もののダメージである。

「だいたい、真正面から脅すって言葉の意味が分かりませんよ」

「周囲を嗅ぎ回っても駄目なら、直に顔を合わせて見極めるしかないってことさ」

「直にって……相手は一国の宰相ですよ？　そう簡単に会えるわけが……」

「ああ、それなら問題ない」


そう言うと、キリハは胸の谷間から一通の封筒を取り出した。


「リッタニアお嬢様にお膳立てさせた。二日後、彼女の家の寄り子のパーティに宰相を招待させた。もちろん、あたしもね。そこで真正面から顔を合わせてみるつもりさ」

「……なんで招待状をわざわざ胸に？」

「一度やってみたかったんだ。前世じゃ、物を隠せるほどのおっぱいがなかったからね」


キリハは得意げに笑って、封筒を胸の谷間にしまい直した。

※　　※　　※

そして二日後。

アールスエイム侯爵家の寄り子が開いたパーティ。

リッタニアは当主の名代として参加し、一通りの挨拶回りを済ませるとエノラ、ミラミニアと歓談していた。

「……何か、ものすごく肌がツヤツヤしてますね、ミラミニアさん？」

「そう？　そうかな？」

にこにこ。ツヤツヤ。

ミラミニアは実にご機嫌で、実に生き生き輝いている。まるで血を吸ったばかりの吸血鬼が如し……。

「……エノラさんは、その、前よりドレスの胸周りがキツそうですけど……」

「…………あの女、寝相が悪すぎ……」

ぷいっ、とエノラが顔を背ける。

聞きたいけど訊いてはいけないと、リッタニアはぐっと好奇心を抑えた。

「……その問題のキリハレーネさんは、まだいらっしゃってないようですね」

　リッタニアは会場を見回す。

　会場には目的の人物である王国宰相グラード・ヴィル・クレセント侯爵の姿もある。スマートでダンディな彼は、多くの女性たちから憧れの視線を注がれている。ダンスのお誘いが引きも切らない。


「……あの公明正大で有名な宰相閣下を脅迫して言いなりにするなんて、本当に出来るのでしょうか？」

「でも、リッタニアが瑕疵なく婚約を破棄するにはそれしかない。公明正大であるからこそ、宰相閣下は息子のせいで余計な汚名を被りたくないと思っている。いまはユニオンを押し留めているけれど、いざとなったら責任のすべてをあなたに押し付けることを躊躇わない筈」

「宰相閣下は遣り手の政治家であられるからね。損得の天秤が一方に傾けば、一切の躊躇いを捨てるタイプだ」

「……エノラさんとミラミニアさんの言うことはその通りだと思います。であるからこそ、もう残りの時間は少ないと考えなくてはなりません」

「いよいよ学園の噂が実家に届いたのか？」

「ええ……お父様はわたしに責任はないと言ってくださるけれど、その噂を元に騒ぎ出す人が出てきています。何せ、陛下の右腕として信頼厚い宰相閣下ですもの。その跡取り息子の妻となれば、利に聡い貴族は涎を垂らしてその座を狙うでしょうから。小娘一人を醜聞に塗れさせることを躊躇う筈もありません」

「……そこまで計算して噂を流しているのだとしたら、あのユリアナというクソビッチは大した策士だな」


リッタニアたちは扇子で顔を隠した。そうしないと嫌悪に歪んだ表情を見咎められる。

彼女たちの中で、ユリアナ・リズリットは口にするだけで不快感を催す存在になっていた。

三人が胸のむかつきを必死に宥めていると、会場のざわめきが変化しだした。

歓談の囁きが、感嘆の溜め息へと。


「……美しい……」

「あれはいったい、どこの令嬢だ……？」


会場に姿を見せたのは、変わった装いの美少女だった。

王国の人間には馴染(なじ)みのない異国風の極彩色の衣を纏っている。それが着物——遠い東の国の衣装だと知る者が、はたしてどれほどいただろうか。

着物を大胆にアレンジした着こなしの下は、着物とは打って変わったシンプルなドレスだ。

だがそのシンプルさは、むしろ着物の下に息づく躍動的な身体を彩るものだった。

そして何より、会場の客全員の度肝を抜いた装いを纏う、その少女の美貌だ。

切れ上がり気味の気の強そうな双眸だが、生命力に溢れた瞳の輝きが傲慢さを払拭する。

丁寧に、しかしどこか遊び心を感じさせる緩やかに結い上げられた長い金髪が、歩く度にしゃらしゃらと揺れる。


いつの間にか、楽団が演奏を止め、ホールで踊っていた人々も動きを止めていた。

会場の注目を集めながら、美麗な少女がリッタニアたちへと歩み寄ってくる。

目を見張っていた三人だが、少女が近付いてくると狐に化かされたようにぽかんと口を開く。

「おやおや、女の子がそんな間抜けな顔をするもんじゃないよ？　しゃんとしな、しゃんと」

「……もしかして、キリハレーネさん、ですか？」

「他の誰に見えるっていうんだい？」

アレンジした着物姿の美少女――キリハがにやりと笑う。

「ほら、あたしはあんたに誘われたって事になっているんだから、ホストに紹介してくれ」

「え、ええ……」

キリハにせっつかれ、リッタニアがパーティのホストである寄り子の貴族へ彼女を紹介する。

キリハが名前を告げると、会場の驚きは最高潮に達した。

学園に通う生徒は勿論、大人たちも眼をパチクリさせる。名ばかり公爵令嬢とは思えぬ立ち振舞に、殆どの者が先程のリッタニアたちのように狐に化かされた顔で目を見開いていた。


「さて、お目当ての宰相閣下を――」

「――失礼、美しいお嬢さん？　良ければ私と踊ってくれないかね？」

ホストへの挨拶も済んで早速動こうとしたキリハに、長身の紳士が語りかけてきた。

キリハは一瞬訝しげな顔をしたが、苦笑して紳士の手を取った。

「わたくしでよろしければ」

「ありがとう」

楽団が慌てて演奏を再開させ、ダンスが再開される。

キリハは真摯にエスコートされながら、スマートに着物の裾を捌いてステップを踏む。

「いささか尖すぎるが、なかなか面白いステップだ。『付いてこれるか？』と挑発されているようで心が躍るよ」

「楽しめていただけたなら幸いですわ、国王陛下？」

揶揄するようなキリハの言葉に、パトリック王は悪戯を成功させた悪ガキのようにニヤリと笑った。

第十八話　大人の特権

「なかなか上手く変装しているつもりだが、君には分かってしまうか」

キリハと踊るパトリック王は、断罪イベントのパーティで出会った時とまったく違う印象の外見だった。

威厳を醸し出す髭（ひげ）はなく、髪の色も黒く染めている。それだけで、この王様はずいぶんと若々しい外見になる。威厳さも鳴りを潜め、どこか軽薄なナンパ師じみた雰囲気だ。

「王様の時の方が変装していらっしゃるわけですね。髭を取って髪を染めるだけでここまで印象を変えるとは恐れ入りましたわ」

「無理することないぞ？　もっと遠慮なくざっくばらんに話し掛けてくれ。ここで君と踊っているのはこの国の王でなく、ただの貧乏貴族の三男坊なのだからな」

暴◯ん坊将軍か！　と内心突っ込むキリハ。

無理して尊敬語を続けるのもバカバカしくなった。

「それで、なんでこんな所へ？　まさかちょっと前まで息子の婚約者だった小娘を口説きに来たんじゃないんだろ？」

「そうだと言ったら？」

「こうする」

ダンスのステップに紛れ込ませて蹴りつけようとしたが、パトリックは上手く足を引いて躱してしまった。

「ふふ、思い切りの良い女性は好きだ」

「あまり巫山戯(ふざけ)ると、今度は足じゃなく手が出るけど？」

「おいおい、仮にも一国の王の頬を叩く気か？」

「今あたしと踊っているのは貧乏旗本の三男坊じゃなかったっけ？」

「……ふふふ、いささか本気で口説きたくなってきたが、それは別の機会にしようか……君が何やら面白いことをしていると風の便りに聞いてね。直に様子を見に来たのだ」

「面白いこと、ねぇ。ちょっと友人の相談に乗っただけだけど」

「君は友人に相談されて、この国有数の大商会を没落させ、歴史ある伯爵家を乗っ取る手伝いをするのか？」

「男と女の仲を修復するよりは楽なんでね」

「……く、くくくくっ……冗談に聞こえないのが怖いな」


冗談も何も、キリハは本気で言っている。殴って目を覚まさせるならまだしも、ああも女に溺れてどろどろに溶かされた精神をマトモに戻すなど、考えただけでゲッソリしてしまう。

しかし、パトリックのこの物言い……やはり事態をかなり前から知って観察していたらしい。


「あんたがさっさとユリアナを排除してくれてたら、あたしだってこんな苦労しなくて済んだんだけどねぇ」

「あれか……あれは確かに厄介な毒だが、あれくらいでダメになるなら所詮それまでだ」

「……やっぱり全部知ってて放置してたか」

「立身出世を望む下級貴族や平民と上級貴族を一つの場所に押し込むのだ。王立学園は巨大な篩(ふるい)だよ。欲望に呑まれてダメになるなら早い方が良い。国政を担うようになってから溺れられるよりはるかにマシだ」

厳しいが正しい、とキリハは思った。

人の上に立つ者に求められる資質は数多い。カリスマ性、判断力、行動力……だが何より必要なのは自分をコントロールする力、克己心だ。これに比べたら、他の資質などおまけのようなものである。

自分を御せない者が、どうして他人を御せるというのか。


「若者を正しく導いてやるのが大人の責務だと思うのはあたしだけかねぇ？」

「大人の補助が必要なのはせいぜい十五までだ。そこから大人がすべきなのは手助けでなく見守ることだ。いつまでも大人が手を貸せば、却って惰弱になるだけだ」

「……だから手を出さない、と？」

「であるからこそ、そなたの邪魔もしていないであろう？　それに、若者が苦労する姿を眺めて楽しむのが大人の特権というものだ。わざわざ大人が手を出しては興醒めであろうよ」

「……さすが、賢王と言われるだけある。あんた、イイ性格してるよ」


キリハがニヤリと笑えば、パトリックもニヤリと笑い返す。

「次の標的は我が右腕であろう？　あの食えぬ狸をどう料理してくれるのか、じっくりと楽しませてもらおう」

一曲踊りきって別れる間際、パトリックはキリハに耳打ちする。

意気揚々と引き上げていく王様を見送り、キリハはこっそりと苦笑した。

「楽しませるためにやってるんじゃないんだけどねぇ……けど、期待されたら応えたくなるのが人情ってもんだ。せいぜい、面白おかしく頑張ろうじゃないか」

表情を引き締め、キリハは今日の目的である王国宰相クレセント侯爵の元へ歩いてゆく。

次のダンスのお相手にと多くのご婦人に囲まれている中へ、キリハは臆することなく堂々と入り込んでゆく。

「閣下、よろしければわたくしと踊っていただけませんか？」

「……キリハレーネ嬢か。ずいぶんと印象が変わったね？」

「変わったのが印象だけか、確認してみませんか？」

「……ふふ。本当に変わったな。なんとも魅力的におなりだ」

クレセント侯爵はそう言ってキリハの手を取った。

互いの背中に手を添え、流れるようなステップを刻みながら、キリハと侯爵は会話する。

「先程は、陛下と何をお話しになっていたのかな？」

「宰相閣下は陛下の悪癖をご存知なのですね」

「悪癖か……そうだな。陛下は少々悪戯っ気が抜けないところがお有りだ」

侯爵は苦笑しながら、ターンしたキリハの身体を優しく受け止める。

「君は陛下に期待されているようだ。あるいは似た者同士だからかな？」

「あら、ひどいですわ、宰相閣下。わたくしはあんなにやんちゃじゃありません」

「そう言っている時点で似た者同士に思えるがね……それで？　今日は珍しいお召し物を拵えてまで、私に何の用かな？」

「無論、わたくしの友人と、あなたのご子息のことですわ。このまま婚約破棄などということになったら、リッタニア様が厳しい立場に置かれてしまいます」

「……息子のおいたには私も頭を痛めているよ。頭の出来は悪くないと思っていたんだがな……しかし、だからといって我が家が醜聞を被る訳にはいかない。君も貴族なら、メンツというものの重さは分かっているだろう？」

「それは勿論」

まぁ、貴族もヤクザも似たようなもんである。

「アールスエイム侯爵家との仲はこじれるかもしれないが、私もこっそりと嫡男を廃することになるだろうからね。互いに痛み分けということで手を打ってもらう他ないな」

「自分の息子がしでかしたことなのに、ずいぶんと他人事ですね？　公明正大と名高い宰相閣下の言葉とは思えませんわ」

「私の良心に訴えるつもりかね？　だが残念ながら貴族というものは良心では動かん。良心的と思わせる必要はあるがね」

「リッタニア様が哀れとは思いませんの？」

「哀れとは思うよ。だが、それとこれとは別だ。それとも私が被る汚名以上の見返りを、君が用意してくれるのかね？」

「……さすがは宰相閣下。損得勘定に厳しいのですね」

「どれだけ冷酷と思われようが名誉と利益を優先できるからこそ、私は陛下より王国宰相の立場を任されているのだ。……ありがとう、キリハレーネ嬢。楽しいダンスだったよ」

曲が終わり、キリハと侯爵は礼をして別れる。

ホールから離れたキリハに、見守っていたリッタニアが近寄ってくる。


「……どうでしたか？」

「うん、曲者だね。狸だよ、あれは。それも腹の中が真っ黒な」

「……では、覆すのは無理だと？」

「いんや？　そうとも限らないさ」


ニギニギと動かす掌を眺めていたキリハが、顔を上げてリッタニアを見つめる。


「ま、あたしの予想が正しければなんとかなるだろ。それでさっそくだが、あんたにやってもらいたいことがある」

「え、ええ。わたしに出来ることなら……」

「そうか、ならあたしにワインを引っ掛けてくれ」

「…………はい？」

「聞こえなかったか？　あたしに向かって派手にワインをぶちまけてくれ」

戸惑うリッタニアに、キリハは悪戯を思い付いたようにニヤリと笑った。

第十九話　執事はミタ！

「まったく……何考えてるんだ、あの人は……」

ジェラルドは鬱々とした声で呟いた。聞いている方まで憂鬱になりそうな声だが、幸い耳にする者はいない。

今も彼の目の前を化粧直しした女性が通り過ぎたが、彼に気付く者はいない。

迷彩の魔法で姿も気配も完全に消しているのだ。

ジェラルドは仮にも世界の管理者。その器となる肉体はチート性能の塊だ。誰にも気付かれず潜伏するくらい朝飯前である。

「……問題は僕のこの能力で、何で更衣室の見張りをしなきゃならないのかってことなんだけど……」

それも、女子更衣室だ。

女子更衣室の物陰に、ジェラルドは潜んでいた。

世界の管理者、この世界の神が、女子更衣室に潜んでいる……こんなことが知られたら神への畏敬の念が大暴落だ。


「……そもそも、こんなことして何の意味があるんだ？」


事の発端は、キリハのドレスが汚れたことだ。リッタニアたちとの歓談中に『きゃあ。ワインのせいで下着まで濡れてしまったわ』とわざとらしげに驚き、その後ジェラルドとともにこの更衣室にやってくると、

「あんたはここで見張ってな。何があっても動かず、全部見聞きしとくんだよ」

と言い置き、キリハはさっさと着替えて出ていってしまった。

それから小一時間、ジェラルドはこの女子更衣室に潜んでいる。

すでにパーティも終わる時刻だ。主催者をはじめとして従者たちも帰り客の見送りに掛かり切りになっているだろう。女子更衣室の周囲はぱったりと人気（ひとけ）が絶えていた。

こんなところに潜ませて、いったいキリハは何をさせたいのだろう？

「まさか、ただの嫌がらせなんじゃ……いや、そんな無駄なことさせるタマじゃないな、あの

ヤクザ令嬢は……」

本来召喚するはずだった魂と違ったのはジェラルドとしても痛恨の極みであった。やることがいちいち悪どく容赦がないし、ジェラルドがせっせと整備した世界観をぶち壊すことばかりしている。

だが、その能力の高さ、順応性の高さには舌を巻くしかない。

本来ならジェラルドがチート執事として転生者の右腕になる予定だったのだ。なのにジェラルドがこれまで貢献したのは情報提供だけで、後はキリハが自分で築いた人脈と力によるものだった。

下手に知識のあるだけの一般人よりはるかに強かで抜け目がない。そんな彼女が単なる嫌がらせで自分を使うなど考えにくい。

「でもいったい何の……ん？」

キリハの意図を摑めず訝しんでいると、更衣室の扉が音もなくゆっくりと開いた。

こんな時間に一体誰がと首をひねったジェラルドは、入ってきた人物を見て目を見張った。

「ナンデ？　サイショウナンデ？」

足音を忍ばせて入ってきたのは王国宰相、グラード・ヴィル・クレセント侯爵その人だった。

スマートでダンディでご婦人方から大人気の宰相閣下が女子更衣室に何の用なのか？

ジェラルドが疑問に思っていると、侯爵は目当てのものを見つけたのか目を輝かせた。

彼が見定める先にあるのは、キリハが着替えて置いていったドレス一式だった。

クレセント侯爵は足早に駆け寄ると、キリハのドレスにそっと手を差し入れ、

「……むっふぅぅぅううううっ!!　けしからん！　ああ！　ほんとけしからんぞぉおおおおっっ!!」

取り出したキリハのブラジャーに、鼻息荒く頬擦りし出した。

「ダンスの時からあからさまに押し付けてきおって……なんてけしからん胸をしておるんだぁぁあああっ！　そしてけしからん胸を包むに相応しい、実にけしからんデザインだっっ!!」

確かに、キリハの下着はかなり凝ったデザインだった。薄手のレースに細やかな刺繍(ししゅう)と、見

えない物になんでここまで手間を掛けるんだ？　と言うくらい細緻で豪華である。

「ぬおおおおっ！　パンティなんてスケスケじゃないか！　だが下品になる一歩手前ギリギリを攻めるデザインセンス！　やはり私が見込んだ通り、下着も一級品だったァァああああっっ!!」

キリハのパンツを顔に被り、神に祈るかのように膝を突く王国宰相クレセント侯爵。

そこにはスマートでダンディな紳士の姿はない。

変態だ。

そこに居たのは変態だった。

「ぬはぁぁああああっ!!　もう辛抱たまらん!!」

興奮に顔を赤らめた侯爵は、おもむろに自分の服を脱ぎ出した。

バッサバッサと服を脱いで全裸になると思いきや……。

「………………」

おっさんのストリップを見せ付けられたジェラルドは、あんぐりと口を開いた。
そう、ストリップだ。
クレセント侯爵の服の下にあったのは、女性もののブラとショーツであった。

「ふぉおおおおっ!! キリハたんの下着ふぉおおおおっ!!」

身に着けていた下着を脱ぐと、キリハの下着を身に着けはじめた。
新しい下着の肌触りに小躍りしていた侯爵だが、服を着直すと「キリッ」とした顔に戻って更衣室を出ていった。
スマートでダンディな紳士……しかし彼が服の下に着けているのは、下着ドロしたブラとショーツである。

「………………………僕はどこで間違ったんだ……?」

公明正大と評判の遣り手宰相の裏の姿を目にしてしまったジェラルドは、まるで我が子のベッドの下から見つけたエロ本が特殊な趣味のものだと知ってしまった母親のように、『おおっ、神よ‼』とばかりに天を仰ぐのだった。

※　※　※

「……リッタニア、クレセント侯爵が謝罪しに来たと聞いたが？」

「その通りです、ミラミニアさん。二日前、侯爵が我が家にお越しになり、ご子息ユニオン・クレセントの廃嫡を決定したと伝えてきました。これでわたしとユニオンとの婚約は白紙撤回されました。のみならず、侯爵は監督不行き届きと自らの非を認めて、我がアールスエイム侯爵家へ慰謝料を支払いました。そして最後に、わたしと父に土下座して詫びました」

「……全面降伏」

「エノラさんの言う通りです。クレセント侯爵は全面降伏しました。遣り手の宰相閣下が、顔を青褪めさせて冷や汗を滝のように流していました。怒り心頭だった父が心配するほどです。いったいどのような脅され方をすれば、あそこまで怯えるのか……」


シン、とした。

リッタニア、ミラミニア、エノラの三人はめでたく婚約破棄による没落の危機を脱した。

ホッとした彼女らだが、同時に何とも言えないもやもやとした気分もある。それもあってこうして集まったのだが……。


「……まさか、本当に解決してしまわれるとは思いませんでした」

「ちょっとでも私たちの受けるダメージが減らせれば儲けものと思っていたんだが……」

「終わってみたら、完全に自由になっていた……」


三人の口から漏れ出すのは、キリハに対する戸惑いの言葉だった。

上手くアルフレッド王子との婚約を破棄したとはいえ、キリハレーネ・ヴィラ・グランディアは所詮名ばかりの公爵令嬢。実家の援助もなく、後ろ盾になってくれる有力者もいない少女にすぎない。

キリハに相談を持ちかけた彼女たちも、はじめはそれほど期待はしていなかった。

だが、キリハに煽られた反発心から、三人は彼女に『そこまで大口を叩くのなら、助けられるもんなら助けてみろ』と挑発し返した。

三人の要請に笑って応えたキリハは、己の力のみで三人の婚約者をその実家ごとこてんぱんにしてしまった。

侮りは怒りに。

怒りは驚きに。

そして驚きは今……感動に変わっていた。

「何の後ろ盾もない、名ばかり公爵令嬢のはずのキリハレーネさんが、自分ひとりの力ですべてをひっくり返してしまうなんて……」

貴族令嬢である三人には信じられないことであった。

彼女たちは家の名を背負っている。だから家に不利益になるような真似は慎まねばならないし、だからこそ家も彼女たちを支援する。

そんな彼女たちにとって、己の身一つを頼りに闘う女性は驚き以外の何物でもなかった。

強かで、ふてぶてしく、なにより自由だ。

自立した女性の強さを見せ付けられた三人には、驚きと憧れが自然と湧き上がった。

驚きと憧れ……即(すなわ)ち感動である。

「……次はいったい、何を見せてくれるのでしょうか？」

リッタニアが微笑むと、ミラミニアとエノラも笑みを浮かべた。

同じ小娘でありながら、この国有数だった大商会も、歴史ある貴族も、王国宰相すらも手玉に取ってみせたキリハレーネ・ヴィラ・グランディア。
彼女がいったい何処までいくのか？
その行く先、その活躍をもっと見たい、もっと間近で目に焼き付けたい。
そうすれば、もっともっとすごい感動で心が震えるに違いない……！

「……ミラミニアさん、エノラさん。わたし、ひとつ考えていることがあるのですが、お二人の考えも聞かせてくれませんか」

そう言って、リッタニアは悪戯を思い付いた小娘のように無邪気に笑った。彼女の考えを聞かされたミラミニアとエノラも、すぐに同じように笑い返す。
三人の少女は、無邪気にくすくすと笑い合うのであった。

第二十話　乙女ゲーヒロイン（笑）は絶叫する

「いったいどういうことよ!?」

ユリアナ・リズリットは喚き散らした。

人目を気にしなくていい寮の自室でのことだが、気を抜くと衆人の中でさえ髪を掻き毟りそうだった。自分でもよく自室まで我慢できたと思う。

「イリウスも、エリアルドも、ユニオンまで廃嫡って……こんなのゲームになかったじゃない!?」

彼女が籠絡した攻略対象たちが、あっという間に無価値な存在になってしまった。

ちょっと前までは、彼らの婚約者に対して婚約破棄を告げる筈だったのだ。

彼女たちへの悪い噂も順調に浸透していた。このまま彼らに婚約破棄されれば、さぞ惨めな立場になるだろうとほくそ笑んでいた。

なのに、今では彼らが婚約破棄される側に落ちてしまっていた。

イリウスの実家のブライド商会は没落して、資産を千分の一にまで縮小してしまった。王立学園の授業料が払えず、このままでは次学期で放校されるだろう。

エリアルドは廃嫡された上でクリスエア家の婿養子にされて一切の自由を奪われた。実家のローレル家も、実質クリスエア家に乗っ取られたような形だ。

ユニオンに至っては、廃嫡の上で勘当処分までされた。彼はもはや侯爵子息ではなくただの平民の若造に成り下がった。

ヴィラルド王国の政治、財界、文化の次代を担う優秀な若者たち。真珠のネックレスのようにユリアナを綺羅びやかに飾っていた筈の彼らは、気がつけばプラスチック玉の如く無様でみすぼらしいアクセサリーに堕してしまった。

「くそっくそっくそっ!!　あのクソ悪役令嬢……ッ!!」

どうしてこうなったのかを調べると、この世界の悪役令嬢であるはずのキリハレーネへ行き着いた。

攻略対象の婚約者たちがキリハレーネに協力を要請し、キリハレーネが策を講じたらしい。

おまけにあの女、王家からの援助がなくなって学園から放り出されると思っていたら、いつの間にか野蛮な冒険者になっていた。しかも、それなりの稼ぎを得ているらしい。

「放っといてもその内二進も三進も行かなくなると思っていたけど……手ぬるかったわね。リッタニアたちで暇潰しなんて考えるべきじゃなかった……！」

キリハレーネ・ヴィラ・グランディア。

あの悪役令嬢を悪役令嬢に相応しく惨めったらしく没落させねばならない。

そうせねば、この怒りは収まらない。

「わたしの玩具の分際でわたしの邪魔をするなんて……目に物見せてやるわ!!」

ユリアナは明確にキリハをターゲットにした……彼女一人を徹底的に貶めるための陰謀を考えはじめた。

あの悪役令嬢が見るに堪えない悲惨な運命を辿るのに思いを馳せる時間だけは、自分のアクセサリーを奪われた苛立ちを忘れることが出来る。

乙女ゲームのヒロインである筈のユリアナの貌は、底なし沼のような悪意でねっとりと歪むのであった。

第二十一話　マリア様が見てない

「……ちなみに、宰相の秘密はいつ分かったんです？」

「ダンスした時にね。どうも服の下の感触がおかしかったんでもしやって思ったんだけど、大正解だったね」

「……まぁ、確かに国王の右腕と謳われる宰相閣下が女性下着を身に着けてる変態なんて知れたら、地位も名声もぶっ飛んじゃいますからね……」

「しかも下着ドロだからね。面白いほど簡単に言いなりになってくれた。終わってみたら一番楽な仕事だったね。いやー、助かったよ。さすがはこの世界の神。実にいい仕事をしてくれた」

からからとキリハが笑う。

ご機嫌そうな彼女とは対照的に、ジェラルドはこの世の憂鬱を一身に背負ったような陰気な顔をしていた。

「……その神様におっさんのストリップを見せ付けたことに対して何かないんですか？」

「いいじゃないか？　いつか親は子供の隠し事に向き合わなきゃならん。それがどれほど目を背けたくなることでも、ね」

「うう……知らなくていい真実もあるんですよ……」

ジェラルドは自分が目にしたおぞましい真実を忘れようと努めるが、生憎と彼の最高級品の脳細胞はしっかりとすべてを記憶してしまっている。記憶してしまっている以上、神の座に戻っても忘れることは出来ないだろう。

忘れられないということは、ときに忘れること以上に残酷だ。


「さて、そろそろお嬢様たちが来る頃だね」


部屋の時計を見てキリハが言う。

すべての問題を片付け終わり、リッタニア、ミラミニア、エノラが改めて三人揃ってお礼を言いに来ることになっているのだ。

そして時間どおりに、三人のお嬢様たちがやってきた。

応接室で対面すると、まずリッタニアが頭を下げ、続いてミラミニアとエノラも頭を下げた。

「ありがとうございました、キリハレーネさん。おかげで無事、綺麗な立場で婚約を解消することが出来ました」

「大したことじゃない。あんたたちの覚悟に応えただけのことさ」

「その覚悟のことなのですが」

「うん？」

「出来れば、わたしたちと『姉妹』の契りを交わしていただけませんか？」

「姉妹？」

「ええ。困ったときには姉妹のように助け合う、消して見捨てない、そういう契りです」

「……今後、あんたたちが困ることはそうそうないだろう。何か助けて欲しい状況に陥る可能性は、圧倒的にあたしの方が高い。それを分かった上で、あたしと契りを交わしたいと？」

「はい」

「どうして急にそんな話になったんだい？」

「わたしたちはあなたに〝惚(ほ)れた〟のです、キリハレーネ・ヴィラ・グランディア様」

リッタニアが笑って答えると、ミラミニアとエノラも同意するように頷いた。

「あなたの才知、行動力、抜け目なさ、何よりも己の力で道を切り開くという断固たる意志の力……あなたの魅力に惹かれたのです。女だてらに己の能力だけで世を渡って行くその姿に、わたしたちは勇気と力を貰いました。一言でいえば、感動したのです。この感動を、しっかりとしたカタチにしたいのです」

「……こりゃ参ったね。本気みたいだ」

三人の眼を見て、キリハは苦笑した。

これは受けねばなるまい。

これを受けねば、女が廃るというものだ。

「いいよ。契りを交わそう。けど、あたしは姉妹の契りの儀式なんてさっぱりだよ？　盃(さかずき)でも交わすのかい？」

「盃？　それはどういう儀式なのです？」

「あー……すっごい東の方の儀式なんだけどね。盃に酒を注いで、それを互いに飲み合うのさ。兄弟盃って言ってね、対等の兄弟なら五分五分ずつ、兄貴が六分で弟分が四分、みたいな感じでね」

「……いいですね。なら、そのやり方でいきましょう」

「へぇ？　いいのかい？」

「わたしたちはキリハレーネ様を『姉』と慕おうというのです。ならば姉の勝手知ったる流儀で契りを交わすのが一番でしょう」

「……ふふっ、いいね。それじゃ、やろうか」


そう言うと、キリハは応接室の戸棚から徳利と盃を取り出した。

前世の職業病というべきか。かつて必要な物を見つけて衝動買いしたものだが、こういうカタチで役に立つとは思わなかった。


「酒はないし、お互い二十歳前だからね。水で代用しよう」


徳利と盃を物珍しそうに眺める三人に簡単な説明をする。本来なら詳細な仕来りがあるが、八百万の神も居ない異世界だ。簡略的なもので構わないだろう。

まずキリハが盃に注いだ水を六分飲む。

それをリッタニアに渡して、彼女が残り四分を飲み干す。

それを三回行った後で、リッタニアたちが飲み干した盃を胸元へ収める。それを見届けたキリハは居住まいを直して厳粛な顔になった。

「——今日この時より、あたしたちは姉妹になった。妹たち、よろしく頼む」

『よろしくお願いします、キリハレーネ姉様』

「——キリハだ。姉妹になった以上、遠慮は無用だよ」

『はい、キリハ姉様』


（……やれやれ、この世界でも背負うことになるのか）


内心苦笑するキリハだが、悪い気分ではない。

キリハはこの世界で出来た三人の『妹』たちを微笑みながら眺めた。

……一方。


「う、うう……僕の世界がどんどん侵食されていく……」

応接室の外で聞き耳を立てていたジェラルドは、「乙女ゲーなんだからもっと乙女チックにやってくれよ……」と、よよよと泣き崩れるのであった。

第二十二話　哭かぬなら、哭かせてやろう、悪役令嬢

「へぇ？　これがそうなの？」

「はい。ユリアナ様がお望みの品です」

深夜の、とある場所。

ユリアナは一人の男から『ある物』を受け取っていた。

オカリナ、に似た笛だ。何かの魔道具なのか、表面には奇妙な紋様がびっしりと刻まれている。

「くれぐれも扱いには気を付けてください。万が一にも王都で発動したら……」

「分かっているわ。わたしの記憶とも一致してる。扱いに注意しなければならないことも重々承知よ……それより、わたしのお願いを聞いてくれたお礼をしないといけないわね？」

ユリアナの口にした『お礼』の言葉に、男は目を輝かせて頬を紅潮させた。彼はすばやく仰向けになると、期待した瞳でユリアナを見上げる。

「ふふ……可愛いわ。本当に素直で可愛い『犬』だこと」

「わんわん！」

「ふふ、可愛い犬にはご褒美をあげないとね」


薄ら笑いを浮かべたユリアナは、靴を脱ぎ靴下を脱ぐと、その素足で男の顔を踏み付けた。


「わぉぉぉおおおんっ!!」

「ふふ、わたしを満足させてくれたから、今夜は素足でしてあげるわ。嬉しいでしょ？」

「わんわんわんっ!!」

「ふふふ、なんて惨めで可愛いのかしら」


ユリアナは見下した笑みを浮かべながら、男の顔をグリグリと踏み躙る。

男はユリアナになされるがまま、彼女の足が蠢く度にびくんびくんと感激に震えていた。

……この男は、王国の役人だった。

貴族の分家、準貴族と呼ばれる騎士爵家の出だが、己の才覚で出世し、巡察官という地方自治を監察する役職にまで上り詰めた能吏であった。

妻と子にも恵まれ、人並み以上の幸福と充実感を得ていた筈だった。

だが、今では王国の押収物を横流しする汚職に手を染め、妻と子は冷淡になった彼を捨てて実家に戻ってしまった。

もはや彼には何もない。何もないからこそ、ユリアナに服従するしかない。彼女から与えられるものだけが、彼に残されたすべてなのだ。

……犬がもし喋(しゃべ)れるなら、今の彼を見て『同じにするな』と声を大にして言っただろう。男の度を超した服従は、あらゆる誇りを失った負け犬以下の奴隷の姿だ。


(ふふ……堕ちた男の惨めっぷりは笑っちゃうわ。役立たずになったユニオンたちも、そろそろこの男みたいにしてやろうかしら。役立たずは役立たずなりにわたしを喜ばせてくれないと、生きる価値なんてないもの)


ユリアナは、すでにこの男のような奴隷を何人も抱えている。

男たちは、ユリアナに気に入られようとまず贈り物をする。だが、ユリアナはその贈り物を受け取らない。それよりも、言葉巧みに男たちの大事なものを自分から捨てさせようとする。

「贈り物より、あなたの心遣いが見られる方が嬉しいですわ」

などと言われた男たちは、いろいろなものを捨てて彼女へ奉仕する。

時間、友人、家族……そうして捨てて捨てて捨て切ったら、男たちには何も残らない。ただ一つ、ユリアナに尽くすことを除いては。

「ふふふ……さて、あとは切っ掛けだけね。ちょうど断罪パーティでコケにされたオルドランドがいるから、あれを捨て駒にしましょうか。ゲーム通りのハーレムエンドはすでに破綻している以上、攻略対象にそれほどの価値はないし。せいぜい、あのムカつく女を退場させるのに役に立ってもらいましょう」

「わんわんわん！　あおぉ～～んっ!!」

男が鳴く。だが彼にはもちろん、ユリアナの言葉の意味など分からないし、分かろうとする意思もない。

彼にはもう、意思など存在しないのだから。

第二十三話　壁と卵だったら、卵に助太刀する方が面白い！

キリハは今日も今日とて、冒険者の仕事をしていた。

リッタニアたちと『姉妹』になると、彼女たちが援助すると申し出てくれたので、自分で金を稼ぐ必要性は薄くなった。彼女たちに援助してもらった金で、何か商売をしてもいい。前世のキリハは名目上社長を名乗っていたので、経営のノウハウはそれなりにある。

だが、彼女たちの申し出を、キリハは「妹分におんぶしてる姉貴分なんて御免こうむる」と辞退した。

そして面子と面目以上に、キリハは冒険者という職業を気に入っていたのだ。

魔法という珍しい手品を試すのも楽しいが、何より冒険者たちと騒ぐのが楽しいのだ。なんだかんだ言っても、荒くれ者たち、はみ出し者たちとつるむのには慣れている。キリハが地を出して自由になれるのは、やはり冒険者をやっている時なのだ。

「見つけたぜ、姫姐さん。やっぱりあの林に隠れてやがる」

臨時パーティを組んだメンバーの男が耳打ちしてきた。

彼は青白い肌に赤い瞳、そして頭から捻じくれた角を生やしている。王国の北方辺境に棲む『魔族』と呼ばれる種族の男だ。

魔族は多くの魔力と強い魔法、そしてその角を生やした外見から『悪魔の眷属』などと忌避された歴史を持つ種族らしい。

パトリック王の宥和政策で幾らか差別は緩和されたが、未だ蔑視する者は多い。

そんな魔族だが、冒険者という職業にあっては頼りにされる存在だ。身分は問わず実力主義の冒険者なら当然のことである。

今も魔力をレーダーのように飛ばす探知魔法で、討伐対象のウインドウルフの群れを見つけ出してみせた。

「なら、予定通りあたしが回り込んで勢子をやる」

「了解だ、姫姐さん」

魔族の男と、そのパーティメンバーが頷く。

ちなみに彼のパーティは四人体制だが、彼の他は皆女性だ。獣人の女性が二人に、ドワーフの女性が一人。なかなかの博愛主義らしい。

もっとも、魔族の男はAランクで、仲間たち三人もBランク。戦力に不安はない。

「しかし、姫姐さんって呼び方はどうなんだ？」

「そりゃお姫様みたいに高貴な身分の見た目な割に、頼りがいはそこらの男の比じゃねぇからな。姫姐さんってのは実に上手い呼び名だと思うが？」

「……まあ、姐さんと呼ばれるのには慣れてるが、姫って呼ばれるのはなんかむず痒くてね」

「とんでもない！　姫姐様は姫姐様よ！」

「いまさらただの姐さんなんてそっけない呼び方できないわ！」

「……（こくこく）」


むしろ女性冒険者たちに否定される。

年上のはずの彼女たちに姐呼ばわりされるのに苦笑しつつ、キリハは剣を抜いた。


「分かった分かった。呼び名のことは置いとくよ。あんたたちなら大丈夫だと思うけど、追い立てられた狼どもを逃がすなよ？」

「おうよ、姫姐さん」

『了解です、姫姐様！（こくこく）』

四人に送り出され、キリハは林をすばやく迂回した。

そして所定の位置に回り込むと、キリハは自分の中を巡る魔力の制御をちょっとだけ緩めた。


「――『威圧』」


身体から漏れ出た魔力に殺気を乗せて相手を竦ませる技術。ある程度の使い手なら自然と覚える技術だそうだが、キリハの『威圧』は規模も強度も桁違いだった。

もともとキリハレーネは潤沢な魔力を備えていたが、魔力を操る精神力が貧弱すぎて上手く扱えなかった。

だが、キリハの魂は貧弱さとは無縁だ。その強靭な精神力で自在に魔力を操り、すでに身体強化は熟練を超えて熟達の域にある。

潤沢な魔力と強靭な精神力が備わっているのだ。ならばそこに殺気を乗せるなど簡単なことだ。なんせキリハにとって殺気など、慣れ親しんだ当たり前の感覚なのだから。

ドラゴンじみた怪物が突如出現したかの如き圧迫感に、林から獣の悲鳴が連続して響き渡った。

キリハはにぃっと嗤うと、鳴き声目指して林の中に飛び込んだ。

枝葉を払いながら進むと、緑色の体毛というカラフルな色合いの狼が右往左往していた。

風の属性をもつ魔獣、今回の討伐対象であるウインドウルフだ。

オロオロする風の狼たちだが、一際大きな狼が必死に宥めようと吠え声をあげる。間違いなく、この群れのリーダーだ。


「ごめんなすって！」


身体強化全開で飛び込んだキリハは群れのリーダーへ向かってゆく。

突然目の前に現れた人間に驚く風狼だが、すぐに牙を剥いて飛び掛かってきた。

速い。

さすが魔獣。風の魔法を使って加速したらしい。


「だが、軌道が限定された林の中じゃなぁ！」


キリハは襲いかかる狼の大きく開かれた口腔めがけて腰の剣——否、『刀』を抜刀した。

白木造りの刀は、風狼の顎から胴を『するり』と横一文字に両断した。恐るべき切れ味に、上半分を失った狼の身体は着地してしばらく駆け続けたほどだった。

「試し切りだが、悪くないね。この名刀『ヨシカネ』は」

妹分たちからの贈り物の素晴らしさに、キリハは満足げにニヤリと笑った。

この世界で新しい姉妹(きょうだい)になったリッタニア、ミラミニア、エノラたちが、記念に何かプレゼントしたいと提案してきた時、キリハが三人に依頼したのが前世で手に馴染んだ『刀』だった。

材料はエノラの領地から、鍛冶師はミラミニアの伝手(つて)で、鍛造技術はリッタニアが集めた資料から再現されている。

中世異世界スタイルの中では異彩を放ちまくっている白木造りの長ドス、刀身は芯鉄にミスリル、皮鉄はアダマンタイト、刃鉄はオリハルコンとミスリルの複合材というファンタジー素材の大盤振る舞いで、日本刀にはありえない複雑な色合いの刃文(はもん)を見せている。

白木の鞘と柄も、古樫樹魔(エルダーオークトレント)製のエンチャント木材だ。おかげで本来実戦に即さないはずの白木造りの柄も、しっくりと手に馴染んで腕が伸びたような一体感である。

世界で一本しかない、最高級品の長ドス。まさに、キリハが望んでいた最高の相棒だ。中世風乙女ゲーに全くそぐわない武器にジェラルドが物言いたげな顔をしていたが、知ったこっちゃない。

ちなみに命銘はキリハ本人だ。もちろん、国定忠治の得物から拝借した。

「さて、もう少し試させてもらうぞ！」

リーダーが一刀両断されて怯えていた風狼たちは、さらに二、三匹斬り伏せられると、悲鳴をあげ一目散に逃げ出した。キリハがやってきたのと反対方向、待ち伏せされている方向へと真っ直ぐに。

「あとは任せとくか」

しばらく警戒していたキリハだが、ウインドウルフが一頭残らず逃げたと確信すると長ドスを納刀した。

今日初めて使用した得物だが、その一体感に自然と笑みが浮かんでくる。ほんとうに良い物をプレゼントしてもらった。

さて、もう終わってるだろうかとのんびり歩いて林を抜けると、そこにはちょっと、キリハが予想していたのと違う光景が広がっていた。

ウインドウルフの死骸が転がっているのはいい。だが先程はいなかった一団と冒険者たちが揉めているではないか。

「横から割り込んで獲物を渡せとはどういう意味だ!?」

「割り込むとは無礼な。助太刀してやったというのに何たる言い草だ」

「オレたち四人で殲滅できたんだ！　なのにあんたらが割り込んだせいで連携が崩れた！　文句を言うのも当然だろ！」

魔族の男と言い争っているのは、見た目からして騎士たちのようだ。近くの街道の巡回でもしていたのだろう。軽装とはいえ立派な見た目の金属鎧を身に着けている。

「ん？　あれって王子サマの取り巻きだった童貞騎士じゃないか」

名前は忘れたが、断罪パーティ（笑）で自分を取り押さえようとしてきた奴だ。確か、イルカランドだかオルステッドだかって名前の奴だ。

自分が出ていったら面倒になりそうなので、こっそり草むらに身を隠して様子を窺っていると、童貞騎士（ちなみに本名はオルドランドである）は、同僚らしい他の騎士たちと一緒になって居丈高に振る舞っていた。

「ふん、冒険者風情が。実際に怪我をしているのはそっちではないか」

「何言ってんのさ！　アンタたちが横から割り込んできたからこっちの連携がメチャクチャになったんじゃないか！」

「魔法も弓も、事前の準備と連携がなければ効果は半減する。それで撃ち漏らした狼がこの子までやってきたんじゃない」

「……（こくこく）」

ドワーフの少女に、獣人の娘たちが寄り添っている。どうやらドワーフの少女は右腕に手傷を負ったようだ。

傍から見たら、たった四人で十数頭の狼を囲んで殲滅など目を疑うだろう。

だが、彼女たちは戦い慣れた冒険者なのだ。魔獣の群れを逃さないような魔法や罠も事前に用意してあった。だからキリハも安心して狼たちを追い立てたのだ。

なのに、オルドランドをはじめとした騎士たちは、自分たちが冒険者の邪魔をしたなどとは微塵も思っていないようだ。それどころか、反論してきた冒険者を嘲笑って鼻を鳴らす始末だった。

「ふん。だいたい、魔族如きが口やかましいぞ」

「王の許しがなければ、北の荒れ地で這いずるしかなかった地虫風情が」

「我らの慈悲を忘れて我が物顔か。身の程を知れ」

「ッ……!!」


魔族の冒険者がぶるぶると握り拳を震わせる。殴りかかりたいのを必死に抑えている。

男のパーティメンバーの女性たちの顔が険しくなる。彼が魔族という身の上でどれだけ理不尽に耐えてきたかを知っているだけに、騎士たちの言葉は到底許せるものではない。

魔族の冒険者がじっと耐えているのに気を大きくしたのだろう。騎士たちは自分を睨んでくる女性冒険者たちに目をやって嘲り笑った。


「ふん、亜人同士で傷の舐め合いか」

「薄汚い人間もどき同士、お似合いじゃないか」

「ッ!?」


これにはさすがに魔族の男もブチ切れた。

腕を振りかぶって先頭にいるオルドランドに殴りかかろうとし――


「うらぁっ!!」

「ぶぼらぁっ!?」

――砲弾のようにすっ飛んできたキリハの蹴りに先を越された。

振り上げた拳の向かいどころを失った魔族の男に対し、キリハはにやりと微笑んだ。

「ひ、姫姐さん……？」

「やるじゃないか！　自分を侮辱されても我慢するが、女を貶されたら黙っちゃいない。あんた、イイ男だねぇ」

「…………」

直球で褒められ、魔族の男は照れて言葉が出ないのを誤魔化すように鼻をこすった。

魔族ということで我慢を強いられてきた彼にとって、こんなに真っ直ぐ褒められるのはほとんど初めてで、上手い返し文句の語彙がなかったのだ。

魔族の男のパーティメンバーである女性冒険者たちも嬉しそうにする。自分たちの男が褒められて、誇らしくないわけがない。

キリハが短い時間で冒険者たちから『姫姐さん』などと慕われるのはこういう所である。

自由ではあるが寄る辺がなく、何かと厄介事に巻き込まれて不貞腐れがちな冒険者たちにとって、偽らざる真っ直ぐな好意ほど身に沁みるものはない。

「ぎっ、ぎざばっ……ぐぐっ、キリハレーネ・グランディアぁ……！」

飛び蹴りを食らってひっくり返っていたオルドランドが、目を血走らせてキリハを睨んでくる。

相変わらず童貞臭い殺気だと呆れていると、オルドランドはキリハに罵詈雑言を叩き付けてくる。

「この卑怯者が！　不意打ちなど恥を知れ！」

「騎士が聞いて呆れるねぇ。あんたらのどこに騎士らしい高潔さがあるんだ？　三下臭い言葉ばっかり垂れやがって。恥を知れよ、恥を」

「きっ、貴様……!!」

興味なしとばかりに気のない返事をするキリハに、青筋を浮かべたオルドランドは腰に吊った両手剣を引き抜いた。

「決闘だ！　ここで引導を渡してやるぞ、キリハレーネ・グランディア!!」

「……あんた、本気で言ってるのか？」

今度こそ本当に呆れ、キリハは憐れむようにオルドランドを見た。

「パーティで恥をかかされ、いままたこうして恥をかかされた！　恥をかかされたままでいるのは、騎士の沽券に関わる！」

「……餓鬼が。いいよ、受けてやる」

すらりと名刀ヨシカネを引き抜き、キリハは気のない顔でオルドランドに対峙した。

「死ねぇえええええっ!!」

大剣を振りかぶってオルドランドが迫る。

キリハは長ドスに両手を添え、能面のような顔でオルドランドを待ち構えた。

「そんな細い剣で何が出来――」

しゃらん、と氷を削るような音がした。

名刀ヨシカネが、肉厚の大剣を柄元から断ち切った音だった。

大剣の刃がくるくると丘の向こうへ飛んでいくのを呆然と眺め、ほとんど柄だけになった己の剣を見て、オルドランドは「え？」と間の抜けた声を出した。


「……決闘ってことは、だ。ここで返り討ちにあっても文句はないってことだ。なぁ？」


怖気を誘うほど美しい刀身を突きつけられたオルドランドだったが、彼は自分に注がれるキリハの瞳にこそ、顔を青褪めさせた。

キリハの瞳に宿っているのは『めんどくせぇなぁ』という投げやりな感情だった。面倒だからさっさと片付けてしまおう……そんな声が聞こえてきそうな、ゴミ箱に入り損ねた紙くずでも見るような眼だった。

この女にとって、自分の命は紙くず同然なのだ。そう思い至った瞬間、オルドランドは全身が凍りつくほどの恐怖に襲われた。

この女にとって紙くず同然なら、何の躊躇いも迷いもなく自分の命を片付けられるということに他ならない。

いっそ、殺意を向けられたなら覚悟も出来たかもしれないが……キリハの瞳は、オルドランドの命に何の価値も見出していなかった。

自分の命を握る者に、自分の命は価値なしと断じられる……その恐怖はオルドランドの想像を絶するものだった。

「た、助け……」

オルドランドが恐怖に耐えきれず漏らした言葉に、キリハの無関心な瞳が露骨に歪んだ。嘲弄と蔑みだ。

「餓鬼が。やっぱり死ぬ覚悟も出来てない童貞だったか」

ひゅん、と刀を振る。

キリハが切ったのはオルドランドの前髪だけだったが、それでも彼は悲鳴をあげて腰を抜かしてへたり込み、おまけに失禁までしてしまった。

「はっ。くそつまらん餓鬼だ。おい、そこの奴ら、ちゃんとこいつを引っ張っていけよ」

突然始まってしまった決闘に唖然としていた騎士たちに告げると、キリハは納刀して踵を返した。

ハラハラと見守っていた冒険者たちの肩や背中を叩き、さっさとこの場を後にする。

「まったく、下らない見世物だった。さっさと帰って美味いものでも食って忘れないとね」

「……それは、オレに奢らせてくれ」

「おや？　いいのかい？」

「もちろんです！」

「カッコイイ姫姐さんにお金払いたいのは当然！」

「!!（こくこく）」

「そうかい？　そんじゃ、ありがたく奢られようかね」

その後、キリハは冒険者四人と食って騒いで楽しい気分で別れた。その時にはもう、決闘ゴッコの顚末（てんまつ）などすっかり記憶から消え去っていた。

※　※　※

数日後。

その日は珍しく学園にいたキリハは、妹分たちとお茶会をしていた。

ちなみに彼女の膝の上には、ここ最近お気に入りの抱き枕こと、桃髪不思議ちゃんのエノラが座っていた。


「うんうん。エノラはよく分かってるねぇ」

「んんっ……わたしは、キリハ姉の抱き枕だから……」

「くすぐったいと言う割に、止めてくれとは言わないねぇ？」

「ん……キリハ姉、くすぐったい……」


キリハはご機嫌にエノラの小柄で抱き心地の良い身体を堪能する。手が這うたびに『びくんっ』と震えるエノラは何とも言えない色気を放っており、同席しているリッタニアとミラミニアが赤面するほどだった。


「……キリハ姉様。エノラで遊ぶのはそれぐらいにして下さい」

「リッタニアは真面目さんだね。それともあんたもあたしと仲良くしたいのかな？」

「け、結構です！」

銀髪メガネ委員長らしい生真面目な顔をするリッタニアだが、キリハが指をくねらせながら意味ありげに笑うと、顔を真っ赤にして視線を逸らせた。


「……キリハ姉さんは、男より女が好きなのか？」

「あんたの方こそ、男より女が好きそうな見た目なんだがな、ミラミニア？」

「それはよく言われますが……」

「男に興味はあるが、可愛い女の子も大好きさ。あたしの手で飾り立てるのも……堕とすのもね」

「あんっ……♥」


甘い悲鳴を漏らすエノラに、ミラミニアが息を呑む。

――よくもまぁ、頭を撫でるだけでエノラをここまで蕩(とろ)けさせるものだ。

などと感心されるキリハだが、彼女にとって女性の感じるツボを見つけるのはお手の物だ。

処女であることを気にするキリハだが、前世では女好きという事になっていた。

それというのも、とある敵対組織の会長がご執心な情婦を寝取る必要があって、仕方なくとはいえキリハが見事に成功させた経験があったためだ。キリハにめろめろになったその情婦は会長の弱みを微に入り細に入り語ってくれたので、キリハは警察に垂れ込むだけで敵対組織のシマを乗っ取ることが出来た。

以来、女好きと思われるようになったキリハには様々な美女が送られてきた。これじゃますます男が寄り付かなくなると辟易しながら、キリハは自分を懐柔しようと送られてくるハニートラップ要員たちを返り討ちにしていった。彼女らときたら自分たちのボスに『貴方はわたしの身体を満足させてくれるけど、心まで満足させてくれないの』と言い捨てて次々とキリハに寝返るものだから、彼女らの元上司にはEDになって引退する者まで出る始末だった。

いつしかキリハは『女版カエサル』という不名誉な仇名で呼ばれるようになった。好きで寝取ったんじゃないのにひどい言い草だ。

そんなわけで、髪を梳かすだけで感じさせるなど、歴戦のキリハにはお茶の子さいさいなのだ。

「そういうミラミニアはどうなんだ？　最近は旦那とよろしくやってるのかい？」

「それはもちろん」

キリハが水を向けると、ミラミニアは水を得た魚のように顔を輝かせた。

「最初は何かと抗ってきたが、それを一つ一つ折っていくのが楽しくて楽しくて！　あんなに真っ直ぐ私を睨んできたのはどれくらい久しぶりだったか……ふふ、憎しみは愛よりも心地好いなどと、私も今まで知らなかった!!」

「お、おう……」

なんだか変な方向へ全力疾走しだしてる赤髪宝塚女に、さすがのキリハも気の利いた返しを思い付かない。

気を削がれたキリハに解放されると、エノラは荒い息を整えながら自分の席に座った。

「……ところで、キリハ姉。いま学園で変な噂が出てるのは知っている？」

「噂？」

「そうでした。今日はそのことで話し合おうと思っていたのでした」

顔を逸らしていたリッタニアがこほんと咳払いし、メガネの位置をくいっと直した。

「いま、学園ではキリハ姉様が王都騎士団を扱き下ろしているのだと評判になっています。偉ぶっただけのお坊ちゃま連中、ちゃんばらゴッコするだけの役立たず、などと言いふらしていると」

「あたしが？　なんでそんなことせにゃならないんだ？」

「そりゃあ、キリハ姉さんがオルドランドを決闘でこてんぱんにしたからだ。散々嬲ったあとで放置プレイをかましたのだろう？」

「……オルドランドって誰だっけ？」

「騎士団長子息。キリハ姉がパーティであしらった男」

「ん？　……ああ、あいつね。あの童貞坊っちゃんか」

『……童貞？』

「いくらちゃんばらが上手くても、命を取ったこともない童貞はすぐに分かる。あの坊っちゃんは童貞だよ」

『そっちの童貞か……』

「んで？　その童貞のオールドなんたら――」

『オルドランド』

「童貞のオルドランドをあしらったのは事実だが、あたしは何も言ってないぞ？」

「分かっている。キリハ姉さんは今の今までオルドランドの存在を忘れていたからな。だが、学園と、そして王都騎士団でもキリハ姉さんが騎士を嘲っていると噂になっている」

「つまり、誰かが噂を捏造している、ということになります。そしてわたしたちは、そんなことをする人物に心当たりがあります」

「ははぁん？　つまりはあのクソ女が、あたしが騎士団を貶めてるって言いふらしてると」

四人の頭にはもちろん、ユリアナ・リズリットの名が浮かんでいた。

「しかし、あたしが他人の悪口を言いふらすヤな女なんてことにするとは、あの女にしては随分とヌルい真似だね」

「……キリハ姉は、まだ先があると思ってる？」

「あの女が嫌がらせだけで満足するようなタイプだと思うか？」

「……思わない」

「つまり、そういうことだ。あの女は奪い尽くさないと気が済まない女だ。噂なんてのはただの地均しだろうさ」

「だろうな。それに王都騎士団と冒険者は仲が良くない。キリハ姉さんは冒険者としてオルドランドを返り討ちにしたのだろう？　騎士団と冒険者の間が思わしくなくなれば、その切っ掛けを作ったキリハ姉さんに何か言ってくる者が出ないとも限らない」

「その程度で済めばいいんだけどね……と、噂をすればなんとやらだ。どうやら答えがあっちからやってきたみたいだよ」

キリハの視線の先には、慌てた様子でこちらへ駆けてくるジェラルドが映っていた。

駆け付けたジェラルドは息を整える間も惜しみ、声を裏返しながらキリハに詰め寄った。

「き、キリハ様！　いま王国騎士団から正式な抗議がやってきました！　しかも騎士団がキリハ様に決闘の申し込みを!?」

どうやら、これが次の一手なようだ。

第二十四話　狩り勝負

「……それで、騎士団が『冒険者のキリハさん』に対して決闘を申し込んできた、と？」

「そうなんだよ、リリサちゃん。騎士団と冒険者で、モンスターの討伐数を競い合おうってな」


王都冒険者ギルドの受付。

猫耳獣人受付嬢のリリサに、冒険者スタイルのキリハが困ったもんだと肩を竦めた。


「あたしにあっさり負けたことでますます引っ込みがつかなくなったらしい。かといって改めて決闘を吹っ掛けるのはみっともないから、冒険者って大きな括りにしてギャフンと言わせようって魂胆だね」

「……ただでさえ冒険者と騎士団の関係がギスギスしてギルド職員は大変な思いをしているのに、あなたって人は……」

「あたしは被害者なんだけどね？」

「トラブルメイカーに被害者ぶる権利はありません！」

リリサはカウンターをばんばんと叩いてキリハを睨む。

すると、キリハのすぐ隣に立っているジェラルドが、うんうんと勢いよく頷いた。

「分かります。トラブルメイカーはトラブルが寄ってくるのだから自分には責任がないって顔をします。けど、トラブルを大事にするのは常にトラブルメイカーです」

「分かってくれますか、執事さん……」

「ええ、分かりますとも、受付さん……」

ジェラルドとリリサががっしりと手を握り締めあった。

「ここ最近は騎士団側の嫌味がすごくて……何度この仕事辞めてやると思ったことか……！」

冒険者と騎士団は魔物の討伐で問題を起こしがちで、ギルドの職員はそれらの問題を冒険者の代理として解決に導くのも仕事の一つだ。

だがリリサの鬱憤ぶりから察するに、最近はいろいろと無理難題が伸し掛かってきていたようだ。

「いろいろ大変みたいだねぇ」
「ええ、大変なんです。ですからこれ以上大事にしないでくださいね、キリハさん」
「そうですよ、キリハ様。お願いですから大事にしないでください」

リリサとジェラルド、二人とも最後は懇願するような口調だったが、残念ながら約束はできない。

王都冒険者ギルドには、多くの冒険者たちが詰めかけていた。リリサに頼んで、今日この時間に集まれる者は集まって欲しいと頼んでおいたのだ。

冒険者たちには、キリハの身分も周知してある。

彼らは王都冒険者ギルドに颯爽と現れた新人冒険者が公爵令嬢と知って、上手くものが嚙めないような顔をしていた。

キリハは長ドスで「ドンッ!」と床を突き、集まった冒険者たちを見回す。

「――――近頃、何か妙な噂が広がっているらしい。その噂で騎士団の連中がイライラしているのは皆も知ってるだろう」

冒険者たちが頷く。

騎士団は自分たちが王国を守っていると誇りを持っているし、冒険者たちは騎士団が後回しにした人々を助けているという自負がある。

噂がなくても、もともと互いに『気に入らない』といがみ合う間柄なのだ。


「騎士団の連中は、あたしに狩り勝負を挑んできた。王都の騎士団と、王都の冒険者たちとでね。けど、元々はあたしが騎士を殴り付けたのが切っ掛けだ。あんたたちが付き合う必要はない」

「何を言うんだ姫姐さん!?」


叫んだのは、魔族の冒険者だ。


「オレは姫姐さんに付き合うぞ！　もともと姫姐さんはオレの代わりに騎士を殴ってくれたんだ！　姫姐さんが要らないって言っても付いてくからな！」

「右に同じ！」

「左に同じ！」

「……（こくこく）！」

魔族の男のパーティメンバーたちも参加を希望する。

キリハは勢い込む彼らに対し、ゆるゆると首を振った。

「気持ちは嬉しいが、あんたたちは冒険者だ。冒険者はタダで仕事をしちゃいけない。自分を安売りする真似は、絶対にしちゃあならない」

「……姫姐さん……」

「それに根本にあるのは、あたしの身分にも関係してくる。どうやらあたしが気に入らない連中がいるらしくてね。まぁ王子様に大恥かかせたんだから無理もない。権力争いに巻き込まれるのは自由な冒険者にはご法度だ。ますますあたしを助けるのは慎むべきだ」

『…………』

魔族の男とその仲間の女性冒険者たちが泣きそうな顔になる。

冒険者は自由だが、自由だからこそ自分と仲間は独力で守らなければいけない。

冒険者たちは不満顔になりながらも頷いた。

キリハの言っていることは冒険者たちの鉄則だ。頷かざるを得ない。

「――だからね。あんたたちには報酬を払わなきゃならない。納得した報酬に命を賭けるのが、冒険者って商売だからね」

キリハは冒険者たちを見回し、一際大きく『ドンッ！』と床を叩く。

「あたしが支払う報酬は、ビール一杯だ！　ただのビールじゃないぞ？　偉ぶった騎士団をこてんぱんに叩きのめした後の最高に美味いビールだ！　それで良ければ、あたしに手を貸してくれ!!」

『…………………』

しん……とギルド内が静まり返った。

一瞬後、ギルド内で笑い声が爆発した。

「そりゃいい！　最高のご褒美だ！」

「そんな報酬を用意されちゃ、参加しないわけにはいかねぇな！」

「俺はやるぞ！　スカした騎士団にはいい加減頭にきてたんだ！」

「私もよ！　あんなタマ無しどもに馬鹿にされて黙ってられないわ！」

「オレも！」

「ワタシも！」

ベテランも、新人も、冒険者という冒険者が参加の声をあげる。

キリハがニヤリと笑うと、彼らもニヤリと笑い返した。

「馬鹿どもが！　あんたたちは本当に馬鹿だな！」

『応よ！』

「ビール一杯で命を賭ける馬鹿どもだ！」

『応よ!!』

「よし、馬鹿ども！　命を捨てに行くぞ！」

『おおおおおおおおおぉぉぉぉぉぉ――――――ぉぉおおおっっ!!』

荒くれ者の冒険者たちが、まるで子供のように無邪気に吠える。

自由を信条にし、自分の身は自分で守らねばならない無頼だからこそ、彼らは本能的に頼り甲斐のある存在を求めている。そして何より、自分たちに生き甲斐を与えてくれる存在を求めている。

キリハには、荒くれ者たちが『一緒に馬鹿をやりたい』と思わせる不思議な魅力があった。

狂喜乱舞する冒険者たちを眺めて頷くと、キリハは受付カウンターへ戻った。

ジェラルドとリリサが、キリハに煽られて気炎を上げる冒険者たちを見て、この世の終わりみたいな顔をしている。


「……大事にしないでって言ったじゃないですか⁉」

「程々に負ければ騎士団も矛を収めるのに、煽ってどうするんですか⁉」

「舐められたら終わりなんだよ、荒くれ稼業は。売られた喧嘩を倍値で買う覚悟がなくて自由に生きられるもんか。そうだろう、お前ら⁉」

『おおおおぉぉおおおおおおおっっ‼』


冒険者たちは拳を振り上げて雄叫び(おたけ)びをあげる。

ギルドを満たす興奮は、いつまでも冷めることがなさそうだった。

第二十五話　狩り勝負開始

「……任務外で参加できる者のほとんど、王都の騎士団のおよそ半数の一〇〇〇人が参加するそうです。冒険者の方は王都ギルドに所属するほぼすべてのおよそ五〇〇人が狩り勝負に参加すると」

「そう。もっと増えても良かったのに」


飼っている男の報告を聞き、ユリアナはつまらなそうに答えた。


「しかしながら、こんなに大事にしてしまって良かったのですか？　冒険者たちが味方に付けば、キリハレーネが勝利してしまう可能性もありますが？」

「いいのよ。大事になればなるほどいいわ。その方があの女を確実に潰せるようになるんだから」

「……それはどういう……？」

「騎士が一〇〇〇人に冒険者が五〇〇人だったかしら？　その殆どが死んだら、この騒ぎの発端になったあの女はどうなるかしらね？」

「っ!?　まさか……あの魔道具はこの時のために……？」

「そうよ。まぁ、あの女が死んでしまっても構わないわ。騎士と冒険者は万が一あの女が生き延びた場合の保険ね。王都の騎士団と腕利きの冒険者たちが大勢死ぬんだもの。誰かに責任を取ってもらわないと皆納得しないでしょうからね」


ニヤニヤと得意げに笑うユリアナだが、男は到底笑うことなど出来なかった。

ユリアナの言っていることは、要するにたった一人の女性を陥れるために千五百人近くの人間を利用するということだ。しかも死んでも構わない……いや、死んでくれた方が好都合だと考えている。


「あの女が勝とうと負けようとどうでもいいわ。この状況になった時点であの女の破滅は決定したも同然よ。あとは、あの魔道具を確実に作動させるだけ……そっちの準備も出来ているわね？」

「は、はい……適当な孤児に小銭を与え、狩り勝負の会場近くに潜ませています。思い切り笛を吹くだけです。難しいことではないはずです」

「そう。けど、確実にそのガキは消しておいてね？」


何の罪もない、利用されただけの子供を殺せ……そう告げる声には何の重さもない。使い終わったチリ紙をしっかり捨てておけという、その程度の軽さの、当然のことを告げる声だ。

他人の命に何の価値も見出さない傲慢さ。

異常者と呼ぶのは簡単だが、そんな言葉では表しきれない邪悪さがユリアナにはあった。

ユリアナは、邪悪な健常者だ。

酷薄な人間、共感性のない人間のどこか無機的な精神にはない、生々しいおぞましさ……。

「それじゃあ、またご褒美をあげるわね。ほら、返事は？」

「わんわん、わおぉおおん!!」

恐ろしい、おぞましい……そう思いながらも、男はユリアナの足元に縋る。

この邪悪な健常者に縋る以外の未来を、男はすでに捨ててしまった。捨てさせられてしまったのだから……。

※　※

そして、狩り勝負当日。

王都の郊外には、魔物が生息する『魔の森』と呼ばれる場所が存在する。

仮にも一国の首府を魔物の生息地の近くに置くなど信じがたくもあるが、むしろ定期的に魔の森の魔物を討伐しないと、魔の森の領域は広がっていく。人間が安心して生活領域を確保するためには、積極的に魔の森を管理しなくてはならないのだ。

定期的な魔物の間引きは騎士団にとっても冒険者にとってもお馴染みの仕事だ。そのお馴染みの仕事の出来で競い合うのは、互いの誇りの優劣に白黒付けるのに最適と言える。

言えるのだが、

「……なぁんか、変な感じだねぇ」


また一匹獲物を狩り終えたキリハは、名刀ヨシカネの峰で肩を叩きながら眉根を寄せる。

周囲には、キリハの檄に応えた冒険者も数人集まっている。

冒険者たちの狩りは、待ち伏せと釣り野伏せだ。少数のパーティごとに行うから待ちと釣りが主になるのは当然だ。

いまも釣ってきた大蜥蜴を叩きのめしたのだが、冒険者たちもキリハの言葉に小さく頷いた。

「姫姐さんの言う通り、変な感じだ。どうも魔物たちの動き方がいつもと違う気がする……」

「魔物たちの動きに迷いがあるというか、何か別のことに気を取られてるっていうか……」

「獲物を襲う必死さがないような……」

冒険者たちが顔を見合わせる。何か変だとは思うのだが、その原因がいまひとつ曖昧なのでもやもやした気持ちを持て余していた。

「……一度、引くか」

「いいのか、姫姐さん？　いま引くと勝負に影響が出るが？」

「勘を信じない方が問題だ。嫌な予感を抱えたまま続ける方が不味(まず)い。大きな失敗をするかもしれないからね」

冒険者たちが頷く。危険に身を置く者にとって、勘というのはもっとも頼りにすべき命綱だ。

「他の連中とも意見を出し合って――」

「痛ぅっ!?」

冒険者の一人が呻いて側頭部を押さえた。つるりとした肌につぶらな瞳の海豚(いるか)の獣人だ。

海棲哺乳類(かいせいほにゅうるい)が陸上で生活していてよいのかと疑問は尽きないが、キリハは耳を押さえた彼に向き直った。

「どうした、イルカの」

「いま、変な音が……」

「音？」

キリハが小首を傾げつつ他の冒険者を見回すが、彼らも訝しげな表情だ。変な音を聴いた者は海豚獣人の彼だけらしい。

「ただの音じゃない……魔力を介した音だ。オレたち海豚族の耳は魔力の震えも捉える。普通の人間には聞こえない音だ」

「魔力の音、ねぇ……」

今ひとつピンとこないので、キリハをはじめとした冒険者たちが疑問顔になる。

そこへ、

「大変ですキリハ様――」

「おらぁああっっ!!」

「くたばれこらぁあああっ!!」


突然出現した気配へ、冒険者たちが即座に反応して攻撃する。

だが攻撃していた対象が執事服の若者だと分かると、気の抜けた声で肩を竦めた。


「なんだ、姫姐さんのとこの執事かよ」

「びっくりさせるなよ、ジェラの字」

「背中に立たれるとついつい反撃しちまうだろうが」

「う、うう……ひどい、ひどいよう……」

「そんなことよりどうした、ジェラルド?」

「そんなこと!?　僕が理由もなくボコボコにされたのがそんなこと!?」

「あたしの拳も喰らいたくなかったらさっさと次に進め」

「ひぃっ!?　た、確かにそんなことですよね、ええ、僕の怪我なんてたいしたことないですよね……実は、暴走した魔物の群れが騎士団を襲いながら王都方面に」

「早く言え馬鹿！」

「やっぱりなぐるぅ!?」

涙目の執事を引きずって、キリハたちは他の冒険者たちと合流すべく走り出した。

第二十六話　騎士の誇り

騎士団と冒険者は魔の森の東と西に分かれて狩り勝負を始めた。

魔の森の東側には、騎士団が築いた簡易陣地があった。

騎士団は千人近い狩り勝負の参加者を三つの中隊に分け、狩り、休憩、警戒の役割を交代させる方法を取っていた。騎士団の魔物狩りは、潤沢な装備と集団の連携を活かした殲滅戦だ。冒険者たちと違い、小刻みな休憩よりもまとまった休息の方が都合がいい。

騎士団の陣地で、王都騎士団長のオーランド・ヴィル・グリーダは、自慢の大剣に両手を置いて魔の森を睨んでいた。巌の如き風格はヴィラルド王国の鋼の盾と評される武人に相応しいものだ。


「父上、お休みになられないのですか？」

語りかけてきた息子のオルドランドを、オーランドはぎろりと睨んだ。

「……騎士の長たるものが、戦場から目を離すわけにはいかぬ」

「戦場、ですか？」

オルドランドは首を傾げた。

千人もの騎士団が集結しての魔物狩りだ。これは単なる駆逐作業、雑草の処理の如き簡単な作業のはずだった。

心配性な父に、オルドランドは笑い声をあげる。

「畏れながら、戦場などとは大げさではありませんか？　騎士団が本気になれば、魔物も冒険者もどうということもありません。父上ももっと気を楽にされてはいかがで――」

「黙れ、痴れ者がッ!!」

びりびりと空気が震える。怒号を浴びたオルドランドの心臓は、ひきつけを起こしたようにバクバクと波打っていた。

「元はといえば、貴様が大げさに喚き立てた結果であろう。なのに当事者である貴様が、この騒ぎに対してこうも能天気とはな」

「お、畏れながら父上！　冒険者たちの驕りは目に余ります！　あまつさえ、あの名ばかり公爵令嬢は我々騎士団を腰抜けと呼ぶ始末。汚名を払拭せねば、騎士の誇りが――」

「その公爵令嬢に挑んで無様に負けた貴様が騎士の誇りを口にするか？　呆れ果てて物が言えんわ」

「父上は俺が負けたままで良かったと仰るのですか!?」

「我が呆れているのは、決闘に負けたことではない。決闘に負けたお前の往生際の悪さよ。騎士ならば、神聖なる決闘の結果を粛々と受け入れるべきだろうに」

「ち、父上……お、俺は騎士団長である父上の立場を考えればこそ……」

「そして自分の負けを父の立場を理由に覆そうとするか。何という甘ったれだ。己が挑んだ決闘の結末を受け入れられず、騎士団長の息子という立場を利用して騎士団全体の問題にすり替える……卑怯千万だ。情けなくて涙が出てくるわ……」

「ち、父上……」

「貴様に煽られた若い騎士たちを宥めるために止む無くこの馬鹿げた勝負を許可したが、終わったら勝とうと負けようと貴様は我が自ら鍛え直す。覚悟しておけ」

呆然とする息子を見て、オーランドは苦虫を嚙み潰した。

厳しく育て、強くなった息子はオーランドの誇りだった。このままなら騎士団長の座を継ぐことも出来るだろうと期待していた。

なのにちょっと見ない間に、息子は性根の腐りきったクズになっていた。

騎士の誇りとは、勝つことではない。勝負に対する高潔さこそが騎士の誇りなのだ。勝利のみに拘れば、人間はどこまでも卑しく汚くなる。それを食い止め正義を示すのが『騎士』の存在理由だ。

騎士の在り方を忘れたオルドランドは、性根を一から鍛え直さねばなるまい。でなければ不本意ではあるが、息子は廃嫡しなくてはならなくなる……。

オーランドが息子の将来に頭を悩ませていると、彼のもとに伝令が駆け付けてきた。かなり急いでいる。良くない知らせのようだ。


「ほ、報告いたします！　魔の森の魔物たちがスタンピードを起こして我が方へ押し寄せてきます!!」

「なんだと!?」

良くない知らせ、ではない。最悪の知らせだ。

魔の森に魔物が蔓延ると、何かの拍子で外へと大挙して暴走する場合がある。それがスタンピードだ。

自然界における共食いのような生息数の調整機能の一種ともされているが、理由はともあれ、スタンピードの熱狂に侵された魔物は死ぬまで暴走を止めることがない。スタンピードを起こした魔物は危険度が二段階も跳ね上がるほどだ。

報告を聞いた騎士たちの顔が青褪める。狩りではなく死闘が始まるのだ。青褪めるのも無理はない。

「ち、父上！　早く逃げましょう！　暴走した魔物の相手なんて冗談じゃありません!!」

「…………」

オーランドは、愕然（がくぜん）として息子を見た。

いま、こいつは何と言った？　逃げようと言ったのか？　王を守護し、民を庇護（ひご）するべき騎士が、逃げよう、と……？

愕然としたまま動きを止めた父に、オルドランドは縋り付いて言葉を繰り返した。

「父上!?　聞いておられるのですか!?　早く、早く逃げがッ――」

気がつけば、オーランドは全力の拳を振るっていた。

歯が折れて痛みに呻く息子を見て、彼の心に去来するのは哀れみではなく情けなさだった。

「……オルドランド！　貴様は勘当だ！　ここまで騒ぎを大きくした張本人が真っ先に逃げ出そうとするなど、もはや騎士にあらず！　貴様の性根が腐りきってどうにもならないことを、今悟ったわ!!」

「ち、父上っ!?」

「何処へなりとも逃げるがいい！　もはや貴様は騎士ではない！」

「父上ぇっ!?」

もう見ているのも苦痛で、オーランドは部下に「連れて行け」と命じた。

愚かな元息子が視界から消えると、騎士団長は部下たちを見回して声を張り上げた。

「我らの背後には、王都が控えている！　暴走した魔物の群れを王都へ近付けるわけにはいかん！　我々王都守護騎士団はこの場で魔物のスタンピードを迎え撃つ！　王都へ伝令を走らせろ！　王都の守備隊に防衛の準備をさせるのだ。我々は王都が態勢を整えるための時間稼ぎをする！　……悪いが、お前たちの命をもらうぞ」

『…………』

騎士たちが無言で団長へ敬礼を返す。

ここで命を惜しむような輩は騎士ではない。王都を守る……それが彼らの仕事で、彼らの誇りなのだ。

「……陣形を組め！　森から撤退してくる中隊を速やかに回収し、全隊で防御態勢に移る!!」

『応っ!!』

騎士たちが速やかに動きはじめる。

おそらく助からぬであろう、絶望的な戦いの為に。

第二十七話　俠気

「こいつは、また……」


　冒険者たちと合流して魔の森を回り込んだキリハは、大挙して押し寄せる魔物を迎え撃つ騎士たちの戦いを見て溜め息を漏らした。

　騎士たちは魔物を王都方面へ進ませまいと壁となっている。だが、たかが千人だ。数千、下手すれば万単位で暴走する魔物たちを押し止めるため、大きく広がった陣形は極めて薄い壁にならざるを得ない。

　今はまだなんとか堪えているが、何処かの防衛線に穴が開けば、ダムが決壊するように魔物のスタンピードに飲み込まれるだろう。


「ど、どうしようどうしようどうしよう!?」

「おろおろしてないでどうにかしろ」

「無理言わないでくださいよ!?　こうやって人間の身体になった以上、人間以上のことなんて

出来ないんですから！　奇跡を起こしたくても出来ないんですよ⁉」

慌てふためくジェラルドを睨むが、どうやらあの魔物の群れを一掃するような神の御業（みわざ）は期待できそうにない。

キリハはやれやれと首を振った。

「まったく……しょうがないねぇ」

抜き身の刀を片手に歩き出したキリハに、冒険者たちが慌てて声を掛ける。

「姫姐さんっ⁉　いったい何処に行こうっていうんですか⁉」

「決まってるだろ？　あそこだよ、あそこ」

キリハが刀の切っ先で騎士団の防衛線を指し示すと、冒険者たちが「無茶だ！」と声を張り上げる。

「魔物のスタンピードに突っ込むなんて正気じゃない！　本来なら街の外壁を利用した持久戦

で凌ぐ代物なのに！」

「しかも何で騎士団の連中を助けに⁉」

「そりゃあ、あの連中が頑張ってるからさ」


キリハの瞳の先では、騎士たちが必死に戦っている。

隣の戦友が倒れると、その分まで戦おうと勇猛に剣を振るう。

深手を負った者は、下がるくらいなら一匹でも多く道連れにしてやると血を撒きながら戦っていた。

逃げようとする者は誰もいない。彼らは覚悟を決め、王都の為に捨て石になることに納得している。


「あんなのを見せられて逃げたら、女が廃るじゃあないか」

『…………』

「じゃあな。ビールはギルドのあたしの口座から引き落として勝手に飲んでくれ」

軽く手を上げて別れを告げると、キリハは片手に名刀ヨシカネ、片手にジェラルドを引っ掴んで突撃した。

「わぁぁぁあああああああっっ!?　なんで僕までぇぇぇぇぇええええっっ!?」
「仮にも神様だろうが！　ほれ、さっさとチートでも何でも使って一発かませ!!」
「僕は神様なのにぃぃぃいいいいいいいっっ!!」

泣き言を叫びつつ、ジェラルドは大規模な爆炎魔法を魔物の群れの横っ面にぶち込む。そのわずかな楔に向かって、キリハはヨシカネを振りかぶって切り込んでいく。

「しゃあああ!!」

四本角の牛の首を落とし、両頭の大蜥蜴の胴体をぶった斬る。
キリハは狂乱する魔物を撫で斬りにしながら騎士団の防衛線に合流した。

「助太刀するよ！」
「貴様は……一体何のつもりだっ!?」

騎士たちがキリハの姿を見て目を見張る。

まさか冒険者が加勢に来るなどと予想していなかった。ましてや、騎士団と冒険者の諍いの中心ともいえる人物が。

「義を見てせざるは勇無きなり、ってね」

『…………』

「あたしは覚悟を決めた漢に弱いのさ。特等席で見物しなきゃ、勿体無いじゃないか？」

魔物の返り血を浴びながら、キリハは騎士たちににやりと笑い掛ける。

騎士たちは言葉を詰まらせた。自分たちの覚悟をこうも真っ直ぐ認められるのが、こんなにも嬉しいとは思わなかった。

自分たちの覚悟は尊いものだ。自分たちは自分を誇って死ねるだろう。そう確信させてくれる、真っ直ぐな笑顔。

騎士たちの胸が熱く滾る。そうとも、自分たちは誇り高き騎士だ！　自分たちは覚悟を決めた漢なのだ!!

『感謝する!!』

「いいってことさ！」

笑い合って、キリハと騎士たちは一緒になって魔物たちに斬り掛かる。

戦意を滾らせた騎士たちの勇戦は目を見張るものがあった。濁流のごとく襲いかかってくる魔物に対し、彼らは一歩も引かず剣を振るい続ける。

だが、それも一時のこと。

勇猛な騎士も数の暴力には勝てない。全く緩まない濁流に、今まさに飲み込まれようとしていた。


『待てやこらぁぁあああああっ!!』


今にも決壊しそうな騎士団の防衛線に、次々と冒険者たちが飛び込んでくる。

濁流を掻き分けるように飛び込んでゆくと、彼らはとにかく動き回って目につく魔物を片っ端から屠ってゆく。


「……馬鹿どもが！」

「姫姐さんには言われたくないぜ！」

「騎士共だけに良いカッコさせたら、冒険者が廃るってもんだ!!」

罵倒するキリハに、冒険者たちは軽やかに笑いながら、命を捨てて魔物へ斬り掛かってゆく。

自由を信条とし、自分の力を頼みに生きる無頼。だからこそ、彼らは頼り甲斐のある誰かを、生き甲斐を与えてくれる誰かを必要としている。

彼らはキリハにそれを見た。

それはカリスマ性とは少し違うだろう。寄る辺のない無頼たちが命を賭けるに値すると信じられる生き方――侠気(おとこぎ)、と呼ぶべきものであろうか？


「オレたちは冒険者だ‼　よぉく見とけ！　タマナシ騎士団ども‼」

「……ほざけ！　野蛮な冒険者風情が！　貴様らこそ我らの覚悟をその目に焼き付けろ！」

挑発し合い罵倒し合う騎士団と冒険者だが、彼らの顔にあるのは笑顔だった。

騎士も冒険者もない。今この戦場は、戦士の誇りだけで満ちていた。

『おおおおおぉぉぉぉぉぉぉぉおおぉぉおおおおおおっっ‼』

騎士と冒険者が肩を並べて魔物に立ち向かう。

冒険者が掻き回し、騎士が踏み止まる。
俄に、魔物の群れの圧力が弱まってきた。凌げるか？　皆が希望を見出したその時。
——GURUUUUOOOOOOOOOOOONNNN!!
希望を押し潰す咆吼と共に、絶望の化身が姿を現した。

第二十八話　紅蓮竜

──『彼』は、苛立っていた。

生まれた時より強力な存在であった『彼』に敵う魔物などほとんどいなかった。『彼』に匹敵するのは同族であったが、数百年もすると『彼』は同族の中でも際立って優れた個体に進化していた。

何者も、『彼』を押し止めることなど出来ない。

何者も、『彼』を支配することなど出来ない。

何者よりも強大で強靭な『彼』は、この地上でもっとも自由な存在だった。

なのに……『彼』は生まれてからずっと苛立っていた。

──何かが足りない。

足りないのは分かっているのに、何が足りていないのかが分からない。それが何より苛立たしい。

だから『彼』は足りないものを探し求めて地上を彷徨った。そのうち、『彼』は知恵持つ者たちから崇められ、畏れられるようになった。生物の上位種、生命の支配者、王種の中の王と

して。

だが、どれだけ尊崇されようと、『彼』の足りない心を満たしてはくれなかった。

苛立ちはどんどん強くなり、やがて『彼』自身でも持て余すようになった。

だから、『彼』は微睡むことが多くなった。眠る間は、苛立ちを感じずにすむ。夢現の間でなら、足りない何かが身近にあるような気がした。

……だから。

微睡みを邪魔する不躾な音に叩き起こされ、『彼』は怒った。怒り狂った。

寝床の森から這い出すと、無数の魔物と、無数の人間どもがいた。

人間の誰かが、『彼』を見上げてぽつりと、

「……ドラゴン」


と呟いた。

そう、『彼』はドラゴンだった。

天を衝く巨体。天に挑むかの如き鋭い角。天を摑むかの如き力強い両翼。

そして、大地を睥睨する金色の両瞳。

すべてが力強い造形で象られ、その軀を包むのは水晶のように煌めく赫い鱗。

——GURUUUUOOOOOOOOOOOOONNN!!

苛立ちをぶち撒けるように、『彼』は寝起きの咆哮(ほうこう)を響かせた。

※　※

「そんな、まさか……紅蓮竜(ガーネット・ドラゴン)!?」
「知ってるのかジェラルド？」
「知ってるも何も、紅蓮竜ですよ紅蓮竜!?　あの魔力で変質した属性鱗！　ホンマモンの成竜じゃないですか!?」

突如魔の森から姿を見せたドラゴンに驚愕するジェラルドに声を掛けると、彼は絶望した表情でキリハに説明する。

この世界の竜は幼竜、成竜、真竜と成長してゆく。真竜は物質世界から解脱した半神みたいな存在なので、成竜が事実上存在する竜の最上位となる。

青竜(ブルードラゴン)や黒竜(ブラックドラゴン)といった幼竜が天地の魔力を十分に吸収すると、鱗が変質して魔力を流すだけで魔法現象を発現する属性鱗という器官に変化する。もともと魔力の保有量も生成量も規格外な竜種である。つまり、生きているだけで魔法を垂れ流す歩く災害のいっちょ上がりというわけだ。これが成竜であり、青玉竜（サファイア・ドラゴン）や黒曜竜（オニキス・ドラゴン）などと呼ばれるようになる。

「紅蓮竜は『このいと』のシナリオだと最後の最後に出てくる裏ボスですよ。なんでこんなタイミングで…………あ」

「『あ』？」

ガスの元栓を締め忘れたり戸締まりを忘れたりした時に出てくるような『あ』にキリハが眉根を寄せると、ジェラルドは汗をダラダラ流しながら歪（いびつ）に愛想笑いをした。

「……そういえばこの魔の森、紅蓮竜の寝床でした」

「この役立たずの穀潰し！」

「うらけんっ!?」

間の抜けたツッコミを繰り広げるキリハとジェラルドだが、ほとんどの者はそちらに目を向けることも出来ず汗を流していた。恐怖や緊張もあるが、純粋に気温が高まったのだ。

紅蓮竜は、その名の通り赤竜が成長した炎のドラゴン。紅蓮に染まった属性鱗が発する熱が空気を熱し、その巨体を炎のように揺らめかせている。

——GURURURUUUUUU……

紅蓮竜が首を巡らす。

竜に遭遇すれば、いかなる魔物も怯えて竦んで動きを止める。だが狂乱しスタンピードを起こした魔物は出現した紅蓮竜に構わず、我武者羅に騎士団と冒険者たちの防衛線へ突っ込んでいる。

そんな魔物たちが君臨者の癇（かん）に障ったのか。紅蓮竜が苛立たしげな唸り声をあげると、その全身の鱗が眩（まばゆ）く輝き出した。

「やばいっ!?」

「退避っ！　退避ぃぃ——っ!!」

業ッ!!

紅蓮竜、その名に相応しき赫炎（かくえん）が噴き上がる。

属性鱗から吐き出された炎は周囲の魔物を焼き払い、一瞬で炭に変えた。

自分を無視した不遜な魔物たちを始末して溜飲（りゅういん）を下げた紅蓮竜は、今度は小癪（こしゃく）にも炎から逃れた人間たちを睨め付けた。

騎士も冒険者も、皆一様に凍り付いた。

違う、と一目で分かったのだ。

生き物としての強度……いや、存在の位が違う。

この上位者の決定を受け入れるしか、脆弱な人間には許されていない。死の運命を受け入れた筈の彼らが恐怖で立ち竦むほど、紅蓮竜のプレッシャーは圧倒的だった。


「おらぁぁあああああああっっ!!」


——だから、誰が予想しただろう？

まさかこのドラゴンに斬り掛かってゆく少女がいるなどと。


「ちっ、硬いね……っとぉ！」


一足飛びにドラゴンの背中に駆け上がって斬り付けたキリハだったが、失敗するや否や全力で飛び退いた。

直後、さっきまで彼女がいた場所で豪炎が噴き上がる。

辛くも炎の洗礼から逃れたキリハが着地すると、ドラゴンがその首を巡らせた。正面から彼女を見下ろす大きな両目は、気のせいか驚きで見開かれているように見える。

「驚いたか？　驚いてくれたかね？」

「なっ、ななっ、何やってるんですかアンタはぁああああっっ!?」

いきなり紅蓮竜に斬り掛かったキリハにジェラルドが詰め寄る。

「ドラゴンに喧嘩売ってどうするんですか!?」

「先にガン付けてきたのはあっちだろ？　あたしの業界ではね、ガン付けられたらその時点で喧嘩が始まるんだよ」

「そんなヤクザな理屈聞いてねぇえええっ!!」

「どっちにせよ逃してくれる感じじゃないんだ。誰かが囮にならなきゃならないだろうが」

キリハがくいっと顎で示す方へ目を向ければ、魔の森から魔物たちのおかわりがやってくるところだった。

「このドラゴン相手じゃあっという間に全滅だ。そしたら魔物の群れに時間稼ぎできるヤツが居なくなる。誰かが囮になって引き付けなきゃならんだろうが」

「そりゃそうですけど……」

「――それを、そなたがやろうというのか？」


いつの間にか、キリハの側に騎士団長のオーランドが近寄っていた。

訝しげな顔をする騎士団長に、キリハはひょいと肩を竦めた。


「もともとあたしはソロの冒険者だからね。逃げ回るだけなら一人の方が便利だろ？」

「……愚息が迷惑をかけた事を詫びる。あの馬鹿が騒がなければこんなことには……」

「こういう時は武運を祈る、だけでいいよ。湿っぽい話はあの世でいくらでも出来るだろ？」

「……武運を祈る」

「はいよ。ほんじゃ、ま、始めますか」


キリハはじっとこちらを睨む紅蓮竜を見上げ、にぃっと威嚇するように笑い掛けた。

「さぁ、追い掛けっこをしようか、赤トカゲ！」

――GUUUURUUUUOOOOOOOOOOOOO!!

雄叫びとともに叩き付けてきた尻尾を躱し、キリハはドラゴンに『べぇ』と舌を出して走り出した。

馬鹿にされていると分かるのだろう。紅蓮竜は一声鳴くと両翼を羽撃かせて飛び上がり、小癪にも自分から逃げ延びようとする二人の人間を追い掛けた。

「何で僕までぇぇぇぇえええええええええっっ!!」
「死んでも死なないんだろ？　道連れにするにはちょうどいいじゃないか」
「死ななくても痛いのはいやぁぁああああああっっ!!」
「だったら結界でもバリアーでも電磁障壁でもなんでもいいから防いでおけ！」
「ちっくしょおおおおっ!!　ゴッドバリアーじゃぼけぇえええええっっ!!」

マグマの如き濃密な炎を必死に防ぎながらキリハに引っ張られていくジェラルド。
涙目の執事が張った障壁で自分の攻撃を防がれ、紅蓮竜が苛立ったように咆哮する。

「見たか赤トカゲ！　クッサイ口臭しやがってこのウドの大木が！」

「これ以上怒らせないでホント!?」

挑発しつつキリハとジェラルドはドラゴンを引き付ける。

勇敢な少女と、少女に付き添う忠義な執事を見送り、オーランドは束の間黙祷した。

「……態勢を整える！　勇敢な冒険者の覚悟を無駄にするな!!」

オーランドの発破に、竜に恐怖していた戦士たちが気合を入れ直す。

そしてスタンピードの第二波へと、彼らは涙を流しながら向き直った。

第二十九話　竜が如く

竜退治に必要なものは？

こう問われて安易に魔剣や聖剣と答えるものはドラゴンというものの強大さを分かっていない。

ドラゴンの恐ろしさは数多い。鋼鉄以上の強度の鱗や、強力なドラゴンブレス。種によっては飛行速度や毒なども脅威だろう。

だが、一度でも野生動物の狩りを経験したことがある者なら、ドラゴンのもっとも厄介な点は『デカくて速い』と答えることだろう。


——GURURURURURURAAAAAAAAAAAA!!


一本一本が大剣に等しい大きさの爪が振り下ろされる。

ギリギリ躱すことの出来たキリハ（とジェラルド）だったが、ドラゴンの一撃が大地を穿つ衝撃で大きく弾き飛ばされて態勢を崩す。

「くっ……っ!?」

続けざまの尻尾の追撃を転がって躱すが、その尻尾が大地を叩くと砲弾が至近距離で着弾したような衝撃がキリハを襲う。

もはや受け身を取る余裕もない。出来るだけ力を抜いて多少の痛みを覚悟しながら転がって、意識が途切れないようにするのが精一杯だ。

「……こういうところはファンタジーだな！」

この紅蓮竜。全長十五メートル超の巨体で、鍛えた人間と同じかそれ以上の速さで動いている。筋組織の張力や強度が常識的な数値から逸脱しているのだ。恐らく、無意識のうちに全身の筋肉や骨格、内臓組織も魔力で強化しているのだろう。

この巨体がこれほどのスピードで動いた時にどれほどの運動エネルギーを生み出すか、想像を絶するものがある。

「……武器より食い物や酒が要るな……！」

日本神話のヤマタノオロチ退治にはじまり、巨大な存在を討伐するのに寝込みを襲うエピソードは数多い。あれらの神話が実は本当の話ではないのかとキリハは考え始めていた。

何しろ、酔い潰して寝込みを襲うくらいしか攻略法が思い付かない。

余波だけで身体が吹き飛ばされ、掠めるだけで致命的な動きをする巨軀の化物。真正面から戦って致命傷を負わせるなどほとんど無理ゲーだ。

酒や毒で動きを止めるのが極めて現実的な方法だと考えざるを得なかった。

「このっ！　神様舐めんなよこのボケトカゲがぁ!!」

いつの間にか吹っ飛んで地面にめり込んでいたジェラルドが立ち上がり、青筋を浮かべてドラゴンを睨み付けた。手を合わせて印を組み、魔力を高めて呪文を唱えはじめる。

「――――天地を支え生命を育む大いなる力よ。言葉に依りて生じ霊魂を生じさせし奇跡の運び手よ。創造者にして管理者たる我ジ@＃＄ェラ&＊ル＄＋ドの名において命じる。水よ、集い絡まり、その怒りのカタチを示すが良い!!」

空気から滲み出した水が集い、巨大な龍が形造られる。紅蓮竜を飲み込むほどの水の龍だ。

「すべてを呑み込め、《大地波濤す深淵の蛇》!!」

轟々と渦を巻く巨体をくねらし水の龍が襲いかかる。

紅蓮竜は自分を飲み込もうとする流水の化身へ正面から対峙し、その身体を覆う鱗を一際強く輝かせた。


――GYAOOOOOOOORUUUUAAAAAAAAAA!!


身体から吹き出す炎を巻き込みながら勢いを増す、特大のドラゴンブレス。

キリハも聞いたことしかないが、火炎旋風という災害はまさにこういうものだろう。

自然災害に等しいドラゴンブレスは、本来炎を掻き消すはずの大量の水をあっさり蒸発させ、あまりの熱量で生じた水蒸気爆発の衝撃すら空の彼方へと吹き飛ばした。


「………………だから嫌いなんだよ、ドラゴンってヤツはぁあぁあああぁっ!?」

ぽかんと放心していたジェラルドが涙目で絶叫すると、そんなもの知るかとばかりに紅蓮竜が尻尾を振る。

目の前に迫ってくる赤い壁に顔を引き攣らせるしかないジェラルドだったが、飛び込んできたキリハの全力の横蹴りで辛くも逃れることが出来た。

ただし、彼の頬がパンパンに膨れ上がったが。

「何するんですか⁉」

「助けてやったのに何たる言い草だ。お前こそ、神様だってのに何をやってるんだ？　それともやっぱり神様ってのはホラだったのか……」

「痛々しいセリフばっかり吐く拗(こじ)らせた中二病患者を見るような憐れみ切った目で見るのはやめて⁉　僕がこんなザマなのはあんたたち地球人のせいなんですからね⁉」

「ん？」

「ドラゴンって奴は地球人が想像する『僕たちが考えた最強の怪獣！』の最たるものなんです。想像力を起爆剤に創った世界である以上、強い想像に裏打ちされた存在は強い力を持ちます。だから最強の想像から生じた『幻創種』ってヤツらは、僕ら管理者をも殺しかねない超危険物なんですよ⁉」

「……つまりは自業自得じゃねぇか！　生産者の責任転嫁も大概にしろ！」

「こぶしでっ!?」

結局役立たずで文句ばかりの自称神様をぶん殴って黙らせ、キリハはドラゴン──『最強』の願望を背負った幻創種に相対する。

「…………」

──GURURURURU……

睨み上げるキリハを、紅蓮竜は嘲るような唸りをあげて見下ろしてくる。

神すら圧倒する上位のドラゴンからすれば、どれだけ戦い慣れていようとキリハのような小娘など蟻同然。いつでも踏み潰せる虫けらでしかない。そう思っているからこその余裕だろう。

事実、さっきの火炎旋風のブレスを吐かれたら、キリハがどれだけ速く遠くへ逃れようとしても無意味である。あっさりその長大で広範囲の射程に飲み込まれ、一呼吸する間もなく消し炭になるだろう。

「…………そうだよね。アンタにとっちゃ、あたしなんて虫けらみたいなもんだ」

腹は立たない。当然のことを当然のこととして受け入れるだけのことだ。

……しかし。

だからこそ、解せないこともある。

自分程度の相手に、どうしてここまで時間を掛けるのだろう……？


――GURU? GUOOOOOOOOOO!!


怯えを見せないキリハに苛立ったのか、ドラゴンが威嚇の雄叫びを浴びせかけてくる。

猫がネズミを嬲って楽しむようなものだろうか。

この紅蓮竜にとって、キリハは無聊を慰めてくれる玩具なのか……。


「……いや、そうか。そうだな」


キリハは苦笑した。

今さらながら、自分の察しの悪さに呆れるばかりだった。

「自分で言ってたのにな。どれだけファンタジーだろうと、現実ってやつはそうそう変わりはないって」

キリハは刀を鞘に収めると、軽い足取りで紅蓮竜へ向かって歩いていった。

武器を収めて近寄ってくる人間の態度が腹に据えかねたか。最強のドラゴンが、矮小な人間に身の程を教えようと咆吼を浴びせる。

——GURUOOOOOOOOOOOOOOOOOOOOOOOOOOO!!

「喧しい！　この餓鬼が！」

——GURUUU!?

怯えるどころか怒鳴り返されて紅蓮竜が面食らう。

大きな目玉を白黒させるドラゴンに、キリハは腰に両手を当て、叱り付けるように厳しい顔をつくる。

「デカイ図体をして大声あげてれば皆が驚いてくれると思ってるのか？　勘違いも大概にしろ!!」

「なっ、なんつーことを……」

命知らずな真似をするキリハをハラハラ見守るしかないジェラルドが青い顔をする。

自殺志願者だってドラゴン相手にあんな真似はしないだろう。あっちはこちらの命を握っているのだ。怒らせて、どんな残酷な殺され方をするか分かったものではない。生きたまま丸呑(まるの)みされて胃袋でゆっくり溶かされたり、おやつ代わりに手足を少しずつ齧(かじ)られたりしたらどうするつもりだ。


『――不遜だぞ、ちっぽけな人間風情が』


威圧感のある声が響く。ドラゴンの念話だ。

明らかに苛立った思念に、ジェラルドは本格的に絶望した。


『我は三界に敵なく、七天すら焼き尽くす炎の化身ぞ。最も強く、最も自由なる存在ぞ。我がその気になれば、汝(なんじ)のか弱き身体などすぐにでも踏み潰せるのだぞ?』

「そうかい? ならやってみな」

『不遜な!!』

ドゴンッと紅蓮竜の腕が振り下ろされた。ジェラルドは土煙をまともに食らって「うべべっ!?」と転がった。

『どうだ？　怖かろう？』

すぐ横に巨腕を叩き付けられたキリハだが、その目はまんじりと紅蓮竜に向けられていた。キリハは脅し付けてくるドラゴンに対し「へっ」と鼻を鳴らした。


「怖い？　怖いわけないだろ？　不貞腐れた餓鬼の癇癪なんか」

『不貞腐れた？　不貞腐れた餓鬼だと!?　この我がかっ!?』

「あんた、皆に怖がられて不貞腐れたんだろ？　勝手に怖がる奴らに腹が立ったんだろ？」

『……何を言う？』

「身体がデカくて力がある、しかもその顔だ。そりゃあ怖がられるだろうな。皆におっかながられてたら、そりゃあ不貞腐れもするだろうさ」

『…………』

「けどね、不貞腐れて暴れたって、余計に相手を怖がらせるだけだ。それじゃあ何の解決にもなんないだろ？」

『……知ったような口を叩くな。貴様程度に我の何が分かるというのだ？』
「分かるさ。あんたみたいな奴をたくさん見てきたからね」

　キリハは微笑む。同情するようで、憐れむようで、しかしそのどれでもない。理解しているという、それだけを示すかろやかな微笑だった。

　はみ出し者とされるような連中のことを、キリハはよく知っている。彼らは何気ないことで周囲から遠ざけられ、それに抗おうと暴れ回る。だが、彼らだって別に暴れたくて暴れるわけではない。『そういうものだ』という周囲の印象に引き摺られているだけだ。

　誰だって、好き好んで孤独になりたいわけではない。暴れてはいても、それはむしろ悲鳴のようなものだ。それ以外の人との繋がり方が分からなくて荒れてるだけ。

　ようするに、不貞腐れているだけだ。

「もう暴れる必要はないよ。あたしが、あんたが欲しいものをやるからね」
『……我の欲しいもの、だと？』
「一緒に飯を食おうじゃないか」
『ぬ……』
「一緒に馬鹿話をして馬鹿笑いをしようじゃないか」

『ぬぬ……』

「そんでもって……あんたに命令してやろう。あたしの言うことを聞け！　ってね」

『!?』


ぶるぶると、紅蓮竜の身体が震えはじめた。

怒りか？

いや、そうではあるまい――。


「それで、あたしはあんたを何て呼べばいいんだい？」

『……我に名はない』

「そうか。なら、あんたは今日からヒエンだ。『緋炎(ひえん)』……夕暮れ時のような色の炎、って意味だよ」

『ヒエン！　我はヒエン！　我は今日からヒエン!!』


――GURUUUUUUUOOOOOOOOOOOOOOOOOOOOOOOOO――――――!!

歓喜の咆吼が響き渡る。

喜びに身を震わす紅蓮竜の姿に、ジェラルドは顔の造形が崩れるほど驚愕した。

「そんな……ドラゴンが……最強の幻創種であるドラゴンがこんなに簡単に……」

「言っただろ？　どんだけファンタジーだろうと人間の……知恵のあるヤツの生き方はそうそう変わらない、ってね」


どれだけ自由でどれだけ強くても……いや、自由で強いからこそ、だ。何者にも縛られないからこそ、誰かを求めている。

自分の価値を認めてくれる誰か。

まつろう自分の在り方を規定してくれる誰か。

かすがい――縁（よすが）となってくれる誰か。


――GURUUUUUUOOOOOOOOOOOOOOO!!


喜びの雄叫びをあげるドラゴンを背に振り返るキリハの姿に、ジェラルドは思わずぶるりと震えた。

――とんでもない人間を招いてしまった。

慄き震えるジェラルドに、竜を従えた少女はにやりと笑うのであった。

第三十話　英雄爆誕

騎士団と冒険者たちはよく戦った。

魔の森から津波のように飛び出してくる魔物の群れは命の危機を無視して突っ込んでくる。確実に命を奪うまで暴れ続けるのだ。そんなスタンピードに対してすでに一時間以上戦い続けている。脱落者も増え、もともと薄かった防衛線は濡れ紙同然。あとほんのひと押しで脆くも崩れ去るだろう。

だが、その最後のひと押しに対して、彼らは頑強に抵抗した。

それは一重に、自ら囮を買って出たキリハの覚悟を思えばこそだった。

十分に距離が離れた丘の向こうで何が起こっているのかはわからないが、それでも絶望的な戦いが繰り広げられているのはわかった。先程などは天に向かって炎の竜巻が昇った。その天変地異の如き光景を見せられ、彼らも彼女の死を悟らざるを得なかった。

そこからは、もう意地だった。最強の具現、無敵の死神にたった一人（＋α）で立ち向かった少女に恥じない戦いをせねば、あの世で合わせる顔がない。

「……どうした、タマナシ騎士団ども……もう終わりかよ……」

「……抜かすな、野蛮な冒険者め……貴様らこそ鍛え方が足りんぞ……」

もう何度、スタンピードの波を打ち破ったか。

すでに彼らの武器も防具もボロボロで、無傷な者など何処にもいない。未だに立っている者がいるということが奇跡のようだった。

だが、さすがにもう限界だ。

魔の森から飛び出してくる何波目かの魔物の群れを見据え、オーランド騎士団長は折れて役立たずになった大剣を放り捨てた。

「……ご苦労だった。もう伝令も王都へ到着しただろう。時間稼ぎの役目は果たし終えた。ここで逃げても文句は言われまい。我々は十分以上に役目を果たしたのだからな」

『…………』

「どうする？　逃げるか？」

『クソ食らえ!!』

普段諍い合っていた騎士団と冒険者が異口同音に叫び返した。

オーランドは苦笑する。分かりきったことを問い掛けてしまった。

「では、もう一花咲かせるとするか！」

『おお〜〜〜〜っ!!』

折れた剣、折れた槍を構え直す者。役立たずになった武器を放り捨て拳を握る者。

誰一人として逃げ出す者はいない。これほどの戦士たちと最後に戦えたことを、オーランドは誇りに思った。彼らも、隣に立つ戦友を誇っているだろう。

死ぬのには丁度よい日だ。

死にかけた者、死んだ者、死を待つ者、皆が皆迫りくる死を笑って見据えた。

——故に。

黒い波となって襲いかかる魔物の群れが炎に飲み込まれ消し炭になるのを、彼らは余さず目に焼き付けることになった。

——GURUOOOOOOOOOOOOOOOOOOOOOONNNNN!!

雄叫びとともに炎が降る。また魔物の群れが炎に飲まれて消えた。

圧倒的な猛火は、空を舞う紅蓮竜が降らせたものだ。
だが、空を見上げた戦士たちは、赤い鱗の竜ではなく、竜の背に跨る人影を凝視した。

「ヒエン！　次はあそこだ！」
『分かったぞ、我が主！』

キリハが指し示した一角を、ドラゴンが炎を吐き焼き尽くす。
明らかに、キリハが紅蓮竜を従えている。
最強にして無敵の代名詞たる竜を操る人間。それはほとんどお伽噺の存在だ。伝説だからこそ憧れ、作り話だからこそ無邪気に笑うその存在。

「……竜騎士……」

ワイバーンの如き亜竜ではない。
成竜を従える、真正の竜騎士。

「……………お」

「ぉお…………」

『ぉぉぉおおおおおおおおおおおおおおおおおおぉぉぉぉぉぉぉぉぉぉおおおおおおおおおおおおおおおおおおおおおおっつ!!』

雄叫びがあがる。

騎士も冒険者も、感動と興奮を表すのに、それ以外のやり方を思い付かなかった。

真に素晴らしいものを見た時、人はただ泣きながら叫ぶ以外には何も出来ないのだと、彼らのすべてが思い知った。

そして、それから数分の後。

狂乱した魔物の群れはすでに黒い消し炭となって消え去った。魔の森から新たな群れが飛び出してくる気配もない。

スタンピードを焼き尽くしたドラゴンはぐるりと旋回し、騎士と冒険者たちが見守る中ゆっくりと着地した。

キリハが背から飛び降りると、ドラゴンは「ぐるる」と甘えるような声を出して鼻先をキリハに近付けた。

『どうだ？　我はスゴイだろう？』

「ああ、すごいね。さすがはあたしのヒエンだ」

『当然だ！　我は紅蓮竜ヒエンなのだからな！』


ふんすふんすと鼻息を荒くするヒエンをキリハが撫でてやる。

鼻先を撫でられ、ヒエンは擽ったそうに目を細めた。

そうしてひとしきりヒエンを褒め称えてやると、キリハはこちらを窺う騎士と冒険者たちへ笑い掛けた。


「――よう、待たせてすまなかったね」

『うおおおおおおおおおおおおおおっっ!!』

『姫姐さんバンザーイ!!』

『竜騎士キリハ殿バンザーイ！』

『うおおおおおおおおおおおおおおおおおおおおおおおおおおっっ!!』


興奮の坩堝にあった連中に苦笑していると、オーランド騎士団長が駆け寄り、膝を突いて深々とキリハに頭を垂れた。

「キリハ殿……いえ、キリハレーネ・ヴィラ・グランディア様。これまでのご無礼、どうかお許しください」

「おいおい、いきなり他人行儀だね？」

「成竜を従えたお方の怒りを思えば、某に出来るのはただこうして伏してお頼みする以外にありません。第一王子を抑えるべきだった愚息の不始末、そしてそんな愚息を育ててしまった某の不手際、出来ますればこの首でお許しいただければ……」

「要らんよ、首なんて」

「では指では？　あなたは第一王子にも指でケジメをつけさせようとしたと伺っています。お許しいただければ今すぐ左手の小指をここで切り落とします」

「……本気みたいだね」


剣士にとって左手は重要だ。右手の役割は剣の軌道を操るハンドル操作みたいなもので、極論添えているだけでも問題ない。

剣を支える左手の、それも柄尻を引き締める左手の小指を落とすというのは、剣を捨てると言っているに等しい。


「まぁ、確かに指は手頃ではあるんだけど」

「……どんだけ指が好きなんですか、アンタ……」

ジェラルドが呆れた声を漏らす。

ちなみに彼はヒエンの尻尾の下敷きになっている。尻尾にしがみついていたのだが、ヒエンがジェラルドを気遣う気持ちが欠片もないので着地と同時に尻尾に押し潰されていた。

「……なら、代わりにお願い事をしようかな」

「はっ。何なりと」

「あいつらにビールを奢ってやってくれないか？　あたしが奢るって言っちまったんだが、今は質素倹約中なんでね。出費は抑えたいのさ」

「……それは構いませんが」

「それと、そこのヒエンにもね」

「……分かりました。一杯と言わず何杯でも、いえ、樽で奢らせてもらいます」

「ありがとさん、助かるよ」

照れ笑いを浮かべるキリハに、オーランドは目を閉じて再び頭を下げた。

——器が違う。これはドラゴンも誑されるわけだ……。

自分が騎士団長でなければ、あと十歳若ければ、家も家族も捨ててこの少女に仕えたかもしれない。

キリハレーネ・ヴィラ・グランディア。

これまでは第一王子の婚約者というだけの名ばかり公爵令嬢だった。だが王子との婚約破棄からこちら、一気にその存在感を強めている。

これまで仮面を被っていたのか、突然何かに目覚めたのか、それは分かりようもない。オーランドに分かっているのは、この少女がこれから台風の目になるであろうという、確かな予感だけだった。


「さぁ、お前ら！　王都に凱旋だ！　飲み代は騎士団長が持ってくれるぞ!!」

『おおおおおおおおおおおおおおぉぉぉぉぉおおおおおおおおおおおおおおおおぉぉおおおおおおおおおおおおおっっっ!!』


――やれやれ、早まったかな？

自分を破産させかねない戦士たちの熱気に苦笑しつつ、オーランドは王への報告内容を考えはじめた。

英雄が現れたという報告の内容を。

第三十一話　断捨離

「……なんで、なんでこんなことになるの……？」

望遠鏡を覗き込んでいたユリアナは、ぶるぶると震えながら歯軋り混じりに吐き捨てた。

魔の森から十分に離れた、目立たぬ岩陰に停められた馬車。その窓から、ユリアナは自分の仕掛けた罠を観察していた。

あの悪役令嬢はここで死ぬかもしれないのだ。その最期を眺めて愉しみたいというのは当然の思いだった。魔物に踏み躙られてボロ雑巾になった姿を見て笑うつもりだったのに。

「なんで生き延びるのよ……っ！」

いや、生き延びてもいいはずだった。多くの騎士と冒険者を死なせた責任を取ってもらうつもりだった。悪役令嬢の罪をことさら主張するサクラもすでに用意していた。必ず勝つ勝負だった。

魔獣の群れなら、万が一にも防ぐことがあるかもしれない。だが、万の魔物を屠ることが出来ても、ドラゴンを退けることなど出来はしない。

ゲーム知識があり、紅蓮竜の存在を知るユリアナからすれば、連中が全滅するのはすでに定まったイベントの筈だった。

なのに、あの悪役令嬢は事もあろうにドラゴンを手懐けてしまった。

これではあの女を追及できない。むしろスタンピードを収めた英雄になってしまうだろう。

ドラゴンを手懐けるというのは、万の流言を覆すインパクトがある。

「あのドラゴン……主人公（わたし）のペットになる筈のくせに!?」

この世界の基になった『この愛おしい世界に慈しみを』には戦闘パートもある。その戦闘パートにおいて味方になるのがあの紅蓮竜だ。

「……こんなことなら、さっさと誑し込んでおけばよかったわ」

ゲーム知識があるなら、紅蓮竜を戦闘パートに先んじて味方にすることも出来たかもしれないが、ユリアナはついつい後回しにしていた。

理由は単純で、彼女は動物のペットが好きではないからだ。

「ちっ！　飼われることが存在理由の畜生風情が、主人公じゃなく悪役令嬢に尻尾を振るなんて！」

「わおおぉぉんっ!?」

ペットにしていた馬車の御者をげしげしと蹴りつけて憤懣を紛らわそうとしたユリアナだが、怒りはまったく収まらなかった。

イライラしていると、馬車に近付いてくる人影に気付いた。

父親に勘当されて追い出されたオルドランドだった。

「オルドランド様！」

「おお、ユリアナ！」

馬車から飛び降りてオルドランドを迎えると、彼は取りすがるように跪いてユリアナの腰に抱きついた。

「ご無事で嬉しいですわ、オルドランド様」

「ユリアナ！　聞いてくれユリアナ！　父上が……父上が俺を勘当すると……」

「まぁ」

「どうしよう……俺はどうすればいいんだ、ユリアナ⁉」

親に怒られ置いていかれた子供そのままの目でユリアナを見上げてくるオルドランド。

デカイ図体をして情けない男だと腹の中で嘲るユリアナだが、ことさら慈悲深い顔で彼の頭を優しく撫でてやる。


「気を落とさないでください、オルドランド様。お父様の本心を誤解してはなりませんわ」

「父上の本心？」

「勘当というのはオルドランド様を逃がすための方便に決まっていますわ。オルドランド様に生きて欲しいため、お父様は涙を飲んでオルドランド様を勘当して騎士団から遠ざけたのです」

「おお、そうか！　そうだな！　さすがはユリアナ！　その通りに違いない！」


そんなワケあるか。

ユリアナはにっこり笑い返しながら胸中でオルドランドを嘲った。

だが、真実などどうでもいい。大事なのはこの男がすべてを失い、ユリアナの見解を真実として受け入れたということだ。

「オルドランド様が騎士としての本分を示せば、お父様もきっと勘当を解いて迎え入れて下さるでしょう。自慢の息子だ、騎士の鑑だと」

「そうかな？　いや、そうだな。そうに違いない」

「はい、オルドランド様。それでその……少々ご相談したいことが……」

「なんだ、ユリアナ？　何でも相談してくれ。美しい女性の願いを聞き届けるのは騎士の本懐だからな」

「ええ、実は、馬車の御者の方が、わたしに厭らしい目を……わたし、怖くて怖くて……」

「なんだと!?　許せん！　そんな不埒者は騎士たる俺が成敗してくれる！」

オルドランドは勢いよく立ち上がると、猪のように一目散に馬車へ向かっていった。

そして程なくして、男の断末摩の声があがった。

御者の男……魔物のスタンピードを誘発させる魔道具『狂乱の笛』を横流しした男が消えて、ユリアナは満足げに微笑む。これで自分に繋がる線は断ち切られた。

「一匹減ったけど、新しいペットが手に入ったからプラマイゼロかしら」

ユリアナにとってペットとは、失わせて裏切れなくするものだ。可愛がって心服させるとか気遣って信頼されるとか、そういう動物の飼い方は論外だ。

個人の資質や魅力は遷ろうものだ。そんなあやふやなものに頼って飼ったペットなど安心できない。いつ裏切られるか心配するなどゴメンだ。

その点、人間は徹底的に失わせれば裏切らない。堕ちるところまで堕ちてしまえば、裏切りを企む余裕もなくなる。

「やっぱり飼うなら、人間の方がいいわ。しっかりと堕とせば、絶対に飼い主を噛まないもの」

血塗れの剣を手にした犬が褒めてもらおうと駆け寄ってくるのを、ユリアナは満面の笑みで迎え入れた。

第三十二話　ヒエン

「……なんで王から打診された爵位も勲章も辞退したんですか？」

「魔物を始末したのはヒエンだろ？　子分の功績を奪うなんてみっともない真似が出来るか」

「世間では『竜騎士キリハレーネ・ヴィラ・グランディア』の名前が飛び交っているんですよ？　この名声に地位があれば、ユリアナを放逐するのも簡単に……」

「ただおっぽり出すんじゃ駄目だろ、あの女は。確実に尻尾を摑まないとね」

騎士団と冒険者の狩り勝負から始まった魔物のスタンピードと紅蓮竜の出現の騒動から、すでに一週間。

騒ぎの渦中にあったキリハは、ようやく学園でのんびり出来るようになっていた。

この一週間、突然現れた竜騎士に擦り寄ってくる馬鹿の相手や、騎士団の連中との馬鹿騒ぎや、冒険者の連中との馬鹿騒ぎや、その他多くの馬鹿騒ぎで忙しかった。

自分の部屋でゆっくり茶を飲むのも久しぶりだ。

「しかし、魔の森で見つかった『狂乱の笛』は、本来なら悪役令嬢キリハレーネが使うアイテム。それを事前に入手できるのはゲーム知識のあるユリアナしか……」

「ジェラルド、あんた、ザリガニ釣りはやったことあるか？」

「は？　ザリガニって、田んぼにいるって割に全然いなくてドブ川とか公園の池とかにいっぱいいる、あのザリガニですか？」

「そう、そのザリガニ」

「いえ、ないですけど……」

「ザリガニってのは巣穴から中途半端に出てきた状態で捕まえようとしてもすぐに引っ込むから上手くいかない。ザリガニを捕まえるには、尻尾の先が見えるくらいまでしっかりと巣穴から誘き出さなきゃならない」

「……もっと大胆に出てくるまで待つ、と？」

「いま消そうとしても、すでに殺されないための仕掛けを打ってるだろうよ。この王都に爆弾を仕掛けてて、自分が死んだら爆発するぞ、なんてやり方でね」

「そんな、まさか……」

「あのタイプは他人を巻き込むのを躊躇しない。生き延びるためなら何だってするのさ。だから餌に食いついて巣穴から出てくるのを待つ。世間にしっかりとあの女の狡賢さを周知させなきゃならないのさ。さもなきゃあの女、何度でも悪巧みをして何処かで誰かに迷惑をかけまくるだろうよ」

「…………」

「犠牲は出るだろうが、結果的にそれが一番犠牲が少ない。それまではせいぜい、幸せな夢でも見てればいいさ」


ようやく、ジェラルドはキリハが怒り心頭であることに気付いた。

落ち着いて喋っているように見えるキリハだが、その口元にはゾッとする薄ら笑いを浮かべていた。

ユリアナは下手を打った。キリハを消すために大勢の人間を巻き込んだ。そんな事をされて、この女性が頭にこないわけがない。

そして、怒りながらも見た目は平静なキリハが心底恐ろしかった。

キリハは無闇矢鱈(むやみやたら)に喚き散らして怒りを発散させるような真似はしない。強力な自制心で腹の中に溜め込んでいる。その溜め込んだ怒りが解き放たれた時、いったいどれほどの熱量になっているのか……想像するだに恐ろしい。


「ん？　お茶がなくなったぞ？」

キリハは空のカップを差し出して紅茶のおかわりを要求した。さっきまでの酷薄な笑みは消えている。

ジェラルドはコクコクと頷き、新しいお茶を用意するために部屋を出ようとし、

「帰ったぞ、姐御！」

ドバンッ！　と開いた扉に頭をぶつけたジェラルドが悶絶する。

頭を押さえて床を転がる執事をちらりと見てから、キリハは闖入者に目をやった。

燃えるような赤い髪に、大きな金色の瞳が印象的な少年だった。年の頃は十二から十三歳くらいだろうか。

「おかえり、ヒエン。リッタニアたちとのお茶会はどうだった？」

「美味かった！　人間はあんなに美味いものを食べているんだな！　我はずいぶんと損していたみたいだ！」

紅蓮竜ヒエン――彼が変身の魔法で化けた少年が天真爛漫な笑顔を見せる。

そいつは良かったと笑い返すキリハだが、ヒエンの服装を眺めて小首を傾げた。

「……その服、というかそのズボンはどうした？」

「これか？　リッタニアが『あなたは半ズボンを穿くべきです。いえ、半ズボンでなければならないのです！』と言って我にくれたのだ！」

「……そうか」

ヒエンは仕立ての良いジャケット姿であり、半ズボンからはつるりと滑らかな素足が伸びている。その手の趣味の女性には垂涎モノの格好であった。

「……あの秀才メガネ、ショタコンを拗らせてやがったか……」

「なにか言ったか、姐御？」

「いや、大したことじゃないよ」

「そうか！　大したことじゃないなら大したことじゃないな！」

ヒエンは「むぎゅっ!?」とのたうつジェラルドを踏み付けながらキリハに駆け寄ると、彼女の膝の上にぴょんと腰掛ける。

「姐御、次は何をする？　何をして楽しませてくれるんだ？」

「そうだねぇ……ヒエンは何をしたい？」

「我は何も求めない。我は楽しみたいのではなく楽しませて欲しいのだ。そして我を楽しませるのは姐御の役割だ」

「そりゃ責任重大だ」


キリハは苦笑しながらヒエンの髪を撫でてやる。

いかに人懐っこく甘えていようと、ヒエンはドラゴンだ。それも、竜種の中でも最も戦闘力に長(た)けた紅蓮竜。

彼はただ在るだけで他を圧する強者であり、天地に比類する者なき支配者だ。

だからこそ、自由であるからこそ、不自由の中で味わう喜びを知らなかったからこそ、ヒエンはキリハに縛られることに従った。

しかしながらそれは、キリハに服従したことを意味しない。ヒエンはあくまで自分の意志でキリハに付き従っており、彼はいつでもこの主従関係を撤回することが出来る。主従でありながら、その主導権は従であるヒエンが握っているのだ。

ヒエンがその気になれば、彼はいつでもキリハを殺せるのだ。

――ま、いつものことだけどね。

だが、いつでも自分を殺せる凶悪なドラゴンを膝の上に乗っけて、キリハはたいして気負うところはない。

幸い、この手の取り扱い注意な人材は、前世で散々取り扱ってきた。「お前を殺すのは俺だ」なんてツンデレる殺し屋やら、「楽しませてくれる限りあんたの味方だ」なんて宣うバトルジャンキーやら、「愉悦……」って微笑む似非坊主やらだ。

いまでは、こういう連中が近くにいないと張り合いがないくらいだ。いつでも自分を殺せるくらいのヤツを飼っておくのは、生ぬるい人生を遠ざけるための丁度よいスパイスだ。

信頼も信用も、ちょっとしたことで崩れる。友情も親愛も、親子の情でさえも、崩れる時にはあっという間だ。人間は移ろうものなのだから当然だ。

だからこそ、人を率いる者は変化していかなければならない。変化する努力を忘れてはならない。忘れれば、すべてはあっという間に崩れ去るのだ。


「……そういえば、ヒエン。いつの間に『姐御』なんて言葉を覚えたんだ？」

「うん？　そういえば誰に教えられたのだったか……姐御と呼ばれるのはイヤか？」

「――いんや。ヒエンの好きなように呼ぶといいさ」

「そうか！　ならよろしく頼む、姐御！」

ヒエンは笑みを浮かべてキリハを呼んだ。

満ち足りた笑みを浮かべるドラゴンを、キリハはやれやれと肩を竦めながらも撫で付けてやるのだった。

あとがき

本書をお買い上げいただきありがとうございます。

著者の翅田大介(はねただいすけ)です。

ときに。

このあとがきを読んでらっしゃるあなたは、男性でしょうか？　女性でしょうか？

本書は乙女ゲーを下敷きにした、いわゆる『悪役令嬢もの』です。乙女ゲーといえば女性ですが、悪役令嬢ものは男性もかなり読み込んでいる印象があります。

というか、普通に乙女ゲーをやってる友人がいるので、男性向け女性向けっていう区分けも、面白ければ何でもオッケーなオタクにはあまり関係がないかもですね。実際、僕も高校時代は妹の少女漫画をよく借りて読んでました。妹にお使い頼まれて学ラン姿でカードキャプターさくらの新刊を買いに行かされたのは良(よ)い思い出……。

本書も男性女性の区別なく楽しんでもらえたら嬉(うれ)しいです。

僕もなろう系の悪役令嬢ものはかなり好きで、定期的に『悪役令嬢』で検索掛けて新作チェックしています。そんなこんなで、ご縁があって何を書こうかとなった時、かなり自然に『悪役令嬢もの』を書こうということになりました。

さて、そんな悪役令嬢ものの末席に名を連ねることとなった『悪役令嬢になったウチのお嬢様がヤクザ令嬢だった件。』ですが、実はこの話、婚約破棄の場面でどんなセリフが出てきたら一番乙女ゲーらしくないだろうかと考えて、「あ、指を寄越せって言わせたらいいんじゃね？」と、かな〜り出落ちチックなところから始まっています。ちなみに最初期の企画書のタイトル名は『悪役令嬢は王子様の指をご所望です』でした。さすがにこれはひどすぎると自分でボツにしましたが（笑）。

いや、けど、今考えると、普通にアリなんじゃね？

『悪役令嬢は王子様の指をご所望です』って。

王子様の指を詰めさせる乙女ゲー……うん、ねぇな！

とまぁ、こんな出落ちネタなところから始まっているので、連載で長引かせて大丈夫なのか？　とけっこう悩みました。けど、よく考えてみれば任侠ものだってストーリー性ってよりはキャラの魅力と侠気で見せるようなもんなので、ひたすら主人公をかっこよく描写することで乗り切ることにしました。

最初は中身は天寿を全うした極道代表みたいな老練な組長とかにしようとも思ったんですが、悪役令嬢が主人公、つまり女主人公なら、普通に僕の考える『格好良い女主人公』書けるじゃんと、中身もちゃんと女性ということになりました。

そうして出来上がった悪役令嬢改めヤクザ令嬢のキリハさんは、僕の考える『格好良い大人のオンナ』を全部盛りにした女性になりました。

男より漢らしくて。

サバサバしているようで人情家で。

現実主義者のようでいて悪戯好きで。

男も女も惚れる姐御！

僕、こういう精神的に強い女性が好きなんですよ。魂ＴＵＥＥＥ系女子。燃え。

弱さも脆さも乗り越えて。鉄と血で鍛えられた最強の女組長が、乙女ゲー世界を引っ掻き回す女主人公無双ストーリー。お楽しみいただければ幸いです。


ここからは謝辞を。

イラストを担当してくださった珠梨やすゆき先生。素敵なキリハをありがとうございます。特に表紙のキリハ、メッチャいい笑顔！　長ドス持った悪役令嬢なんて無茶振りから、最高のキリハがやってきて只々感謝です。本当にありがとうございました。

担当編集の木村様。いろいろとご迷惑をおかけして申し訳ありません。こうして本書が世に出たのも木村様のご尽力のおかげです。まことにありがとうございます。

発表の場を与えてくださったカクヨム、ひいてはKADOKAWAの皆様。せっかくの悪役令嬢ブームにこんなイロモノの掲載を許可してくださってありがとうございます（笑）。

デザイナー様、印刷会社の方々、誤字だらけの原稿をチェックしてくださった校正様、他にも多くの関係者に感謝を。

そして、本書を手に取ってくださった読者様に、最大級の感謝を。新型コロナの流行から始まった重苦しい雰囲気が払拭されたとはいえませんが、つかの間でも皆様の心を和らげられたなら、エンタメ屋の端くれとしてこれ以上の喜びはありません。繰り返しになりますが、本書を手に取っていただき本当にありがとうございます。

まだまだ厳しい時間が続きそうですが、そんな時だからこそ、娯楽屋が踏ん張らにゃあと鉢巻締めて頑張ってまいります。どうぞよろしくお願いします。

それでは。

令和二年　六月中旬　　翅田大介

電撃の新文芸

悪役令嬢になったウチのお嬢様がヤクザ令嬢だった件。

著者／翅田大介
イラスト／珠梨やすゆき

2020年8月12日　初版発行

発行者／青柳昌行
発行／株式会社ＫＡＤＯＫＡＷＡ
〒102-8177　東京都千代田区富士見2-13-3
0570-002-301（ナビダイヤル）
印刷／図書印刷株式会社
製本／図書印刷株式会社

本書は小説投稿サイト「カクヨム」（https://kakuyomu.jp/）にて掲載したものに加筆、訂正しています。

ISBN978-4-04-913381-3　C0093　Printed in Japan

ファンレターあて先
〒102-8177
東京都千代田区富士見2-13-3
電撃文庫編集部

「翅田大介先生」係
「珠梨やすゆき先生」係

傷心公爵令嬢レイラの逃避行 上

著／染井由乃
イラスト／鈴ノ助

溺愛×監禁。婚約破棄の末に
逃げだした公爵令嬢が
囚われた歪な愛とは――。

事故による２年もの昏睡から目覚めたその日、レイラは王太子との婚約が破棄された事を知った。彼はすでにレイラの妹のローゼと婚約し、彼女は御子まで身籠もっているという。全てを犠牲にし、厳しい令嬢教育に耐えてきた日々は何だったのか。たまらず公爵家を逃げ出したレイラを待っていたのは、伝説の魔術師からの求婚。そして婚約破棄したはずの王太子からの執愛で――？

英国幻想蒸気譚Ⅰ

―レヴェナント・フォークロア―

19世紀末、ロンドン。

蒸気と機関の都で、虚実が彩る都市伝説。

――これは、鋼鉄と鮮血の幻想譚。


　高度に発達した蒸気機関が世界を席巻した第二次産業革命、通称『蒸気機関革命』により飛躍的な文明発展が遂げられた19世紀末。大英帝国首都、ロンドンで請負屋を営む極東人・封神幎（ツカガミトバリ）と錬金術師・ヴィンセントの二人の下に舞い込むのは、いつだって厄介ごとばかり。

　混沌に彩られしロンドンに渦巻く都市伝説を追う二人の前に次々と現れる『鋼鉄の怪物（レヴェナント）』の正体とは。

　これは、虚実が織り成す鋼鉄と蒸気の幻想譚。

著／白雨　蒼
イラスト／紫亜

電撃の新文芸

Unnamed Memory Ⅰ
青き月の魔女と呪われし王

著／古宮九時
イラスト／chibi

読者を熱狂させ続ける
伝説的webノベル、
ついに待望の書籍化!

「俺の望みはお前を妻にして、子を産んでもらうことだ」
「受け付けられません！」
　永い時を生き、絶大な力で災厄を呼ぶ異端——魔女。強国ファルサスの王太子・オスカーは、幼い頃に受けた『子孫を残せない呪い』を解呪するため、世界最強と名高い魔女・ティナーシャのもとを訪れる。“魔女の塔”の試練を乗り越えて契約者となったオスカーだが、彼が望んだのはティナーシャを妻として迎えることで……。

電撃の新文芸